16	3	2	13
5	10	11	8
9	6	7	12
4	15	14	1

Gottfried Keller

ROMEU E JULIETA NA ALDEIA

Tradução, posfácio e notas
Marcus Vinicius Mazzari

Ilustrações
Karl Walser

Texto em apêndice
Robert Walser

editora 34

EDITORA 34

Editora 34 Ltda.
Rua Hungria, 592 Jardim Europa CEP 01455-000
São Paulo - SP Brasil Tel/Fax (11) 3811-6777 www.editora34.com.br

Copyright © Editora 34 Ltda., 2013
Tradução © Marcus Vinicius Mazzari, 2013
Ilustrações de Karl Walser © Neues Museum Biel/Gottfried Keller-Stiftung
"A novela kelleriana" © Robert Walser-Archiv
Publicado com a gentil autorização da Suhrkamp Verlag e da Fundação
Carl Seelig-Stiftung, de Zurique, detentora dos direitos autorais.

A FOTOCÓPIA DE QUALQUER FOLHA DESTE LIVRO É ILEGAL E CONFIGURA UMA
APROPRIAÇÃO INDEVIDA DOS DIREITOS INTELECTUAIS E PATRIMONIAIS DO AUTOR.

Este livro contou com o apoio da
Fundação Suíça para a Cultura Pro Helvetia.

Título original:
Romeo und Julia auf dem Dorfe

Capa, projeto gráfico e editoração eletrônica:
Bracher & Malta Produção Gráfica

Revisão:
Cide Piquet, Alberto Martins

1ª Edição - 2013

CIP - Brasil. Catalogação-na-Fonte
(Sindicato Nacional dos Editores de Livros, RJ, Brasil)

Keller, Gottfried, 1819-1890

K595r   Romeu e Julieta na aldeia / Gottfried Keller;
tradução, posfácio e notas de Marcus Vinicius Mazzari;
ilustrações de Karl Walser; texto em apêndice de
Robert Walser. — São Paulo: Editora 34, 2013
(1ª Edição).
160 p.

Tradução de: Romeo und Julia auf dem Dorfe

ISBN 978-85-7326-528-6

1. Literatura suíço-alemã. I. Mazzari, Marcus
Vinicius. II. Walser, Karl, 1877-1943. III. Walser,
Robert, 1878-1956. IV. Título.

CDD - 833

ROMEU E JULIETA
NA ALDEIA

Romeu e Julieta na aldeia 7

"A novela kelleriana", *Robert Walser* 130
Posfácio do tradutor.. 133
Nota do tradutor.. 149

Sobre Gottfried Keller 153
Sobre Karl e Robert Walser 156
Sobre o tradutor.. 158

Romeu e Julieta na aldeia

Narrar esta história seria uma imitação ociosa se ela não se baseasse num acontecimento verídico, demonstrando quão profundamente se enraíza na vida humana cada uma daquelas fábulas sobre as quais as grandes obras do passado estão construídas. O número de tais fábulas é limitado, mas elas sempre afloram em nova roupagem e, então, obrigam a mão a fixá-las.

Junto ao belo rio que corre a uma distância de meia hora de Seldvila levanta-se uma extensa superfície ondulada que, ela própria muito bem cultivada, perde-se na fértil planície.[1] A seu pé, num ponto distante, fica uma aldeia que engloba algumas grandes propriedades rurais e, anos atrás, viam-se sobre o suave aclive três longos e magníficos campos, a estenderem-se um ao lado do outro como três enormes

---

[1] Seldvila é uma pequena cidade fictícia que Gottfried Keller situou "em alguma parte da Suíça" para ambientar o ciclo de novelas *A gente de Seldvila* (*Die Leute von Seldwyla*), publicado em dois volumes em 1856 e 1874 (ver o posfácio neste volume). O topônimo foi inventado a partir das palavras em médio alto-alemão (*Mittelhochdeutsch*, que vigorou entre os séculos XI e XIV) *saelda* ("ventura", "deleite") e em alemânico (grupo de dialetos falados no sul da Alemanha e na Suíça) *Wyl* ("pequeno lugarejo", "vila"). Seldvila tem assim a conotação irônica de "lugar dos bem-aventurados".

faixas. Numa ensolarada manhã de setembro, dois lavradores iam arando em dois desses campos, mais precisamente naqueles que ficavam nas extremidades; o campo do meio parecia estar inculto e abandonado desde longos anos, pois se encontrava coberto por pedras e mato alto, e sobre ele zunia despreocupadamente todo um mundo de animaizinhos alados. Os lavradores, contudo, que em ambos os lados caminhavam atrás de seus arados, eram homens altos e ossudos de aproximadamente quarenta anos e anunciavam à primeira vista o tipo sólido, bem constituído, de camponês. Trajavam calças curtas, até os joelhos, de tecido grosso e resistente, no qual cada vinco tinha um lugar inalterável e parecia estar talhado em pedra. Quando eles, topando com algum obstáculo, seguravam com mais firmeza o arado, as rústicas mangas da camisa tremulavam com o leve abalo, enquanto os rostos bem escanhoados olhavam adiante de maneira atenta e tranquila, mas pestanejando um pouco à luz do sol; avaliavam então o sulco ou relanceavam os olhos em torno de si nas vezes em que um ruído distante interrompia o silêncio do campo. Lentamente e com certa graça natural, iam avançando passo a passo e nenhum deles dizia palavra alguma, exceto quando transmitia, por exemplo, uma ordem ao ajudante que conduzia os imponentes cavalos. Vistos assim a alguma distância, assemelhavam-se inteiramente; pois representavam o tipo característico dessa região e a um primeiro olhar só se poderia distingui-los pelo fato de que um deles trazia a ponta de seu gorro branco na frente, enquanto o outro a deixava balançar na nuca. Mas isso se alternava entre eles, na medida em que estavam arando em direção contrária; pois quando se encontravam no alto do aclive e passavam um pelo outro, aquele que ia contra o fresco vento de Leste tinha o gorro de ponta jogado para trás, ao passo que no outro camponês ele se encapelava para a frente. Mas a cada vez havia também um momento intermediário, em que

as reluzentes toucas oscilavam verticalmente no ar e tremulavam contra o céu como duas chamas brancas. Assim iam arando ambos com tranquilidade e era bonito de ver, nessa silenciosa região banhada pelo setembro dourado, como passavam ao alto um pelo outro, devagar e silenciosamente, e se afastavam aos poucos, abrindo distância cada vez maior entre si, até que ambos, como dois astros que declinavam, desciam para trás da abóbada da colina e desapareciam, para reaparecer um bom tempo depois. Quando encontravam uma pedra em seus sulcos, arremessavam-na despreocupadamente, mas com impulso vigoroso, na direção do campo baldio ao meio, o que, todavia, apenas raramente acontecia, uma vez que esse terreno já estava abarrotado com todas as pedras que se puderam encontrar até então nos campos vizinhos.

Assim transcorrera uma parte da longa manhã quando veio se aproximando, a partir da aldeia, um pequenino e engraçado veículo, que mal podia ser avistado ao começar a percorrer o suave aclive. Era um carrinho de criança pintado de verde, no qual os filhos dos dois aradores, um menino e uma coisinha de menina, traziam juntos a refeição matinal. Para cada um dos homens havia no carro um belo pão embrulhado num guardanapo, um jarro de vinho com copos e mais alguma pequena iguaria que a carinhosa camponesa enviava para o laborioso mestre; e, além disso, o carro ainda estava carregado com maçãs e peras mordiscadas e de formas as mais variadas, colhidas pelas crianças ao longo do caminho, e também com uma boneca inteiramente desnuda, com apenas uma perna e uma cara lambuzada, a qual, sentada como uma senhorita entre os pães, deixava-se conduzir confortavelmente. Após vários arranques e paradas, esse veículo se deteve finalmente no alto, à sombra de um arvoredo de jovens tílias na lateral do campo, podendo-se então contemplar mais de perto ambos os condutores. Eram um menino de sete anos e uma garotinha de cinco, ambos saudáveis e vivazes e, de resto, não havia neles nada de mais chamativo, exceto que possuíam olhos muito bonitos e a menina tinha, além disso, uma tez amorenada e cabelos intensamente pretos e crespos, que lhe davam um aspecto ardoroso e confiável. Neste momento, os lavradores também haviam alcançado o topo do terreno; deram uma porção de alfafa aos cavalos e deixaram os arados no sulco semiaberto, enquanto se dirigiam, como bons vizinhos que eram, para a refeição que tomavam em comum, cumprimentando-se então pela primeira vez nesse dia, pois até esse momento não haviam trocado nenhuma palavra.

No mesmo ato em que tomavam prazerosamente o seu desjejum e com satisfeita bonomia ofereciam alguns bocados às crianças, as quais não arredavam pé enquanto se comia e bebia, os homens deixavam a vista vaguear pela paisagem próxima e distante; viram assim a cidadezinha brilhar fumegante entre suas montanhas, pois o copioso almoço que os habitantes de Seldvila preparavam todos os dias costumava lançar sobre os telhados extensas nuvens prateadas, as quais flutuavam sorridentes pelas montanhas.

— Esses cachorros miseráveis de Seldvila estão de novo caprichando no almoço! — disse Manz, um dos camponeses, e Marti, o outro, replicou:

— Ontem esteve em casa um deles, por causa deste terreno aqui.

— Do conselho distrital? Ele também esteve na minha casa! — disse Manz.

— É mesmo? E provavelmente deu a entender que você deve cultivar a terra e pagar o arrendamento aos senhores do conselho, não é?

— Sim, até que se decida a quem pertence o terreno e o que se poderá fazer com ele. Mas eu agradeci e recusei a oferta de pôr em ordem, para uma outra pessoa, esse terreno em

Romeu e Julieta na aldeia

estado selvagem,[2] e disse que eles apenas deveriam vendê-lo e guardar a quantia arrecadada até que se encontre um proprietário, coisa que certamente jamais acontecerá. Pois tudo o que vai parar na chancelaria de Seldvila permanece por lá um bom tempo e, além disso, vai ser difícil decidir o assunto. Nesse meio-tempo, os miseráveis querem ter algo para mordiscar com os juros do arrendamento, o que de resto eles também poderiam conseguir por meio do montante da venda. Só que nós tomaríamos cuidado para não jogar o preço muito para cima; e então saberíamos de fato o que se tem em mãos e a quem a terra pertence!

— Também penso exatamente assim e dei uma resposta semelhante ao janotinha da cidade![3]

Calaram-se por um instante, e depois Manz recomeçou:

— Mas não deixa de ser uma pena que o excelente solo tenha de ficar nesse estado, é algo custoso de se ver; a coisa já está indo para os seus vinte anos e nenhuma alma se manifesta a respeito. Pois aqui na aldeia não há ninguém que possa de algum modo reivindicar o campo para si e também não há ninguém que saiba onde foram parar os filhos do trombeteiro arruinado.

— Hum! — disse Marti —, esse é um assunto delicado! Sempre que vejo o violinista escuro, que ora está misturado com os andarilhos apátridas,[4] ora tocando em bailes nas al-

---

[2] Nesta passagem, o narrador começa a elaborar o campo semântico em torno da palavra "selvagem" (*wild*), que será desdobrado ao longo de toda a novela ("selvático", "selvageria" etc.).

[3] *Steckleinspringer*, no original: segundo o *Schweizerisches Idiotikon*, dicionário em 17 volumes de termos e expressões regionais da Suíça, trata-se de uma designação zombeteira para jovens citadinos ociosos que costumavam passear pelos campos com uma bengala (*Stecken*) fina, afetando estarem às voltas com assuntos sérios.

[4] *Heimatlosen*, no original, designação que se aplicava então a ciganos e toda sorte de imigrantes ilegais desprovidos, como o violinista, de

deias, eu poderia jurar que ele é um neto do trombeteiro; mas certamente ele não sabe que ainda possui um terreno. E o que ele faria com isso? Encheria a cara durante um mês e depois tudo voltaria a ser como antes! Além disso, quem poderia fazer um aceno nessa direção, se a gente nunca pode ter certeza?

— A gente poderia arranjar uma bela encrenca! — respondeu Manz. — Já nos dá suficiente trabalho ter de recusar a esse violinista direito de cidadania em nossa comunidade, uma vez que estão sempre querendo nos empurrar esse maltrapilho. Se os seus pais se bandearam para o meio dos andarilhos, que permaneça então com eles e toque o seu violininho para esse povo de paneleiros.[5] E como é que podemos saber, por esse mundão de Deus, se ele é de fato o filho do filho do trombeteiro? No que me diz respeito, se acredito

---

certidão de nascimento ou de batismo. À luz dessa personagem Keller ilumina um grave problema social na Suíça de seu tempo (especialmente no cantão de Zurique). O sistema de administração cantonal tendia a excluir dos direitos civis todas as pessoas que não possuíam certidão emitida pela comunidade e, consequentemente, o chamado "direito de cidadania" (*Heimatsrecht*), mesmo quando ligadas desde gerações à comunidade em questão. Num estudo de 1847 sobre esse problema (Theodor Mügge, *A Suíça e suas condições sociais*), leem-se as palavras: "A comunidade expulsa o apátrida e nenhuma outra o acolhe. Como um animal selvagem acossado, o excluído vai fugindo de um lugar para outro, passa de uma prisão à outra, é transportado de um cantão para outro, torturado, perseguido, amaldiçoado e sempre desamparado, pois cada um desses pequenos estados consiste de um número limitado de comunidades e fora destas não há espaço algum. [...] E assim esses seres apátridas, aos quais se subtrai todo chão sob os pés, não podem nem viver nem morrer e, contudo, são suíços, sem dúvida alguma. Eles sabem onde nasceram, receberam o batismo e são cristãos legítimos, mas não constam do registro civil, não pertencem à comunidade e isso é sua desgraça e maldição".

[5] Manz se refere pejorativamente aos apátridas como "povo de paneleiros" (*Kesselvolk*) porque o ofício destes (consertar panelas, caldeirões etc.) os fazia percorrer as aldeias e cidades suíças.

reconhecer plenamente o velho nesse rosto escuro, digo então a mim mesmo: errar é humano, e a menor tirinha de papel, um pedacinho de uma certidão de batismo, tranquilizaria a minha consciência mais do que dez fisionomias de pecadores!

— Ei, é isso mesmo! — disse Marti. — É verdade que ele diz que não tem culpa por não ter sido batizado. Mas será que devemos tornar ambulante nossa pia batismal e conduzi--la para lá e para cá entre as florestas? Não, ela tem o seu lugar fixo na igreja, e ambulante, por outro lado, é apenas o transporte funerário, que fica lá fora, encostado na muralha. Aqui na aldeia já temos gente em excesso e logo precisaremos de dois mestres-escolas!

Com isso, a refeição e o diálogo dos dois camponeses chegaram ao fim e eles se levantaram para realizar o restante do trabalho da manhã. Em contrapartida, as duas crianças, que já haviam concebido o plano de retornar para casa com os pais, empurraram o veículo para a sombra das jovens tílias e lançaram-se em seguida a uma expedição pelo terreno sel-vático, uma vez que este, com suas ervas daninhas, arbustos e amontoados de pedras, representava uma selva curiosa e insólita. Depois de terem caminhado por certo tempo, de mãos dadas, pela extensão central dessa selva verde e se di-vertido em passar as mãos entrelaçadas por cima dos altos arbustos de cardos, elas finalmente se assentaram à sombra de um desses arbustos e a menina começou a vestir sua bo-neca com longas folhas de plantas ao redor, de tal modo que ela ganhou um belo vestido verde com franja denteada. Sobre sua cabeça foi colocada, cumprindo a função de touca, uma solitária papoula vermelha que ainda florescia por ali e que em seguida foi amarrada com um capim; assim, a pequena pessoa ficou parecendo uma feiticeira, especialmente depois de ter recebido ainda um colar e uma cinta de pequenas bagas vermelhas. Foi colocada então sobre os pedúnculos mais altos dos cardos e contemplada durante algum tempo com olhares

enlaçados, até que o menino se fartou de mirá-la e a derrubou com uma pedrada.[6] Com isso, suas vestimentas se desarrumaram e a menina a despiu rapidamente para adorná-la mais uma vez. Quando, porém, a boneca estava novamente desnuda e só desfrutava de sua touca vermelha, o selvagem garoto arrancou o brinquedo de sua companheira e o lançou para o alto. A menina saiu aos pulos e aos berros atrás da boneca, mas foi o menino que a pegou primeiro, jogou-a de novo para cima e assim ficou um bom tempo troçando da menina, que se esforçava em vão para apanhá-la. Nas mãos do menino, todavia, a boneca voadora sofreu alguns danos, mais precisamente no joelho de sua única perna, de onde um pequeno furo deixou ressumar alguns grãozinhos de farelo. O torturador, mal percebeu esse furo, ficou caladinho, ocupando-se diligentemente, com a boca aberta, em aumentar o furo com as suas unhas e desse modo investigar a origem do farelo. O seu silêncio pareceu altamente suspeito à pobre menina, que se precipitou para perto dele e, horrorizada, se deu conta de sua má ação.

— Veja só! — exclamou ele e passou a chacoalhar a perna diante do nariz da menina, de tal forma que o farelo lhe voou ao rosto; e como ela estendia as mãos para a boneca e gritava e implorava, ele saiu pulando novamente e não descansou até que toda a perna, vazia e ressequida, ficasse dependurada como um pobre invólucro. Na sequência, atirou para o chão o brinquedo maltratado e quando a pequerrucha se jogou em prantos sobre a boneca e a envolveu em seu avental, ele assumiu uma postura sumamente atrevida e indi-

---

[6] A narração dessas brincadeiras infantis no campo central compreende detalhes (como o motivo da papoula vermelha sobre a cabeça da boneca) que apontam simbolicamente para desdobramentos posteriores da história.

ferente. Mas ela tomou de novo a pobrezinha em suas mãos, contemplou-a com grande dor e, ao ver a perna, recomeçou a chorar alto, pois esta pendia do tronco de maneira não muito diferente do rabinho que sai de uma salamandra. Passando a menina a chorar copiosamente, o malfeitor por fim se sentiu um pouco mal e, tocado de temor e arrependimento, postou-se diante da lamuriante. Quando ela percebeu isso, parou instantaneamente de chorar e o golpeou algumas vezes com a boneca, e o menino fingiu que lhe doía e gritou ai!, ai! de maneira tão natural que ela ficou satisfeita e uniu-se a ele para dar continuidade à obra de destruição e esquartejamento. Abriram um buraco atrás do outro no corpo martirizado e juntaram meticulosamente, sobre uma pedra plana, o farelo que jorrava de todos os rasgos, passando em seguida a remexer o montículo e contemplá-lo com toda atenção. A única coisa consistente que ainda havia na boneca era a cabeça, e foi esta que atraiu sedutoramente a atenção das crianças; separaram-na de maneira meticulosa do cadáver flagelado e miraram atônitas o seu interior oco. Vendo a questionável cavidade, e vendo também aquele montículo, o primeiro pensamento que naturalmente lhes ocorreu foi encher a cabeça com o farelo, ocupando-se os dedinhos das crianças numa concorrência para ver quem era mais eficiente na tarefa, de tal modo que, pela primeira vez na vida, entrou algo nessa cabeça. O menino, contudo, terá considerado que se tratava ainda de um saber morto, porque de repente capturou uma grande mosca azul e, prendendo o inseto zumbidor na concha de suas mãos, ordenou à menina que esvaziasse a cabeça. Ato contínuo, a mosca foi encarcerada aí e o buraco tapado com relva. As crianças levaram a cabeça da boneca aos seus ouvidos e depois a depositaram solenemente sobre uma pedra. Uma vez que ela ainda estava coberta com a papoula vermelha, a composição ressoante assemelhava-se agora a uma cabeça vaticinadora e, em profundo silêncio, as crianças auscultaram seus oráculos e contos maravilhosos, ao mesmo tempo que se mantinham abraçadas. Mas todo profeta desperta horror e ingratidão; a pouca vida que havia nessa figura de formas precárias provocou nas crianças a crueldade humana, e então se decidiu enterrar a cabeça. Fizeram assim uma cova e, sem solicitar a opinião da mosca aprisionada, colocaram a cabeça lá dentro, erigindo sobre a tumba um vistoso monumento de pedras. Sentiram um certo arrepio, pois haviam sepultado algo vivo e constituído, e se afastaram uns bons passos do inquietante local. Alcançando uma pequena extensão inteiramente coberta por ervas viçosas, a menina se deitou de costas, pois estava cansada, e começou a entoar monotonamente algumas palavras, sempre as mesmas; o menino acocorou-se ao seu lado e se pôs a ajudá-la, não sabendo se deveria ou não deixar-se igualmente desmoronar sobre as ervas, tão indolente e preguiçoso ele se sentia. O sol resplandeceu sobre a boca aberta da pequena cantora, iluminou os seus alvíssimos dentinhos e fez transluzir os lábios purpúreos e redondos. O garoto viu os dentes e, enlaçando a cabeça da menina e examinando curiosamente os dentinhos, exclamou:

— Adivinhe quantos dentes a gente tem?

A menina refletiu por um momento, como se estivesse contando de forma compenetrada, e disse então a esmo: cem!

— Não, trinta e dois! — exclamou ele. — Espere, eu quero fazer a contagem!

Contou então os dentes da companheira e uma vez que nunca chegava ao número de trinta e dois, começava sempre de novo. A menina manteve-se quieta por longo tempo, mas como o diligente contador jamais terminava, ela cobrou ânimo e exclamou:

— Agora é a minha vez de contar!

O rapaz se estendeu sobre a erva, a menina se colocou sobre ele, abraçou sua cabeça, ele escancarou a boca e ela contou: um, dois, sete, cinco, dois, um, pois a pequena beldade ainda não sabia contar. O menino a corrigia e orientava na aritmética, e assim também ela começou e recomeçou inúmeras vezes, e essa brincadeira pareceu agradar-lhes mais do que todas as outras coisas que haviam feito nesse dia. Por fim, porém, a menina tombou inteiramente sobre o pequeno mestre de cálculos e as crianças adormeceram sob o luminoso sol do meio-dia.

Nesse meio-tempo, os pais haviam acabado de arar os campos que, transformados em duas superfícies de terra amarronzada, exalavam um fresco aroma. Quando, com o último sulco, chegou-se então ao fim e o ajudante de um deles quis parar, o seu mestre bradou:

— Por que você está parando? Faça ainda mais uma volta!

— Mas nós já terminamos — disse o ajudante.

— Cale a boca e faça o que estou dizendo! — replicou o mestre.

E eles deram meia-volta e abriram um belo sulco no terreno do meio, sem dono, de tal modo que voaram pedras e ervas. Mas o camponês não se ocupou em recolhê-las, pois terá pensado que para isso ainda haveria bastante tempo, e contentou-se por esse dia em deixar a coisa apenas toscamente iniciada. Galgou-se então o suave arco da elevação e quando se chegou ao topo e o aprazível sopro do vento jogou novamente a ponta do gorro desse camponês para trás, o vizinho passou arando pelo outro lado, com a ponta para a frente, e do mesmo modo talhou um imponente sulco no campo central, fazendo as placas de terra tombarem para o lado. Cada um via muito bem o que o outro fazia, mas nenhum deles parecia enxergar coisa alguma; e então ambos desapareceram de novo, à semelhança de uma constelação que passa silenciosamente pela outra e se afunda atrás desse mundo redondo. Assim passam voando, uma pela outra, as lançadeiras no tear do destino, e "o que se tece, não há tece-lão que o saiba".[7]

Vieram então as colheitas, uma após outra, e cada uma delas encontrava as crianças cada vez maiores e mais bonitas e o campo abandonado cada vez mais estreito entre os terrenos vizinhos, que haviam se tornado mais largos. A cada jornada com o arado esse campo do meio perdia aqui e ali um sulco, sem que fosse pronunciada qualquer palavra a respeito e sem que um olho humano sequer parecesse enxergar a infração. As pedras foram sendo cada vez mais amontoadas e já formavam uma verdadeira crista ao longo de toda a extensão do campo, e a vegetação selvagem no mesmo já estava tão alta que as crianças, embora estivessem crescidas, não podiam mais avistar-se quando caminhavam do lado de lá e de cá do campo abandonado. Pois agora elas não iam mais a esse terreno em companhia uma da outra, porque o menino de dez anos, Salomon ou Sali, como era chamado, já se mantinha galhardamente ao lado dos homens e dos rapazes maiores, e a amorenada Vrenchen, embora sendo ainda uma ardorosa menininha, tinha de andar sob guarda feminina, se não quisesse ser ridicularizada pelas outras como uma garo-

---

[7] As palavras entre aspas citam um verso do longo poema de Heinrich Heine (1797-1856) "Jehuda ben Halevy", que se encontra na terceira seção do livro *Romanzero* (1851): "Os anos vêm e se vão —/ No tear corre célere/ o fuso, e range para lá e para cá —/ o que se tece, não há tecelão que o saiba" (tradução literal). Ao mesmo tempo, essas metáforas tomadas ao processo artesanal de tecelagem, remontando à concepção mitológica das Parcas como fiandeiras do destino humano, sugerem que o destino dos camponeses Manz e Marti vai sendo tecido mediante essa apropriação iníqua do campo central.

Romeu e Julieta na aldeia

ta-menino.[8] Todavia, elas aproveitavam a ocasião de cada colheita, quando todo mundo ia aos campos, para galgarem a escarpada crista de pedras que as separava e se empurrarem mutuamente para baixo. Se, de resto, as duas crianças não entretinham mais nenhum contato entre si, essa cerimônia anual parecia ser observada com tanto mais zelo pelo fato de os campos de seus pais não se tocarem em nenhum ponto.

Por fim, entretanto, o campo deveria ser vendido e o montante da venda depositado provisoriamente em juízo. O leilão aconteceu no próprio local, onde se apresentaram, porém, apenas alguns curiosos, além dos camponeses Manz e Marti, uma vez que não havia ninguém que quisesse arrematar o insólito pedacinho de terra e cultivá-lo entre os dois vizinhos. Pois embora estes estivessem entre os melhores camponeses da aldeia e não houvessem feito nada que dois terços dos demais não teriam feito sob as mesmas circunstâncias, as pessoas os olhavam agora de maneira silenciosa e enviesada, e ninguém queria ficar comprimido entre ambos com o campo encolhido e órfão. A maioria dos seres humanos é capaz ou está disposta a perpetrar uma iniquidade que paira no ar assim que dão de cara com ela. Mas, se ela é perpetrada por um outro, os demais sentem-se felizes por afinal não terem sido eles os perpetradores e a tentação não os ter tocado, e

---

[8] O nome que Keller confere ao menino significa em hebraico (*Salomo*) "o pacífico". No Antigo Testamento, Salomão é filho do rei Davi e de Betsabeia, tendo reinado sobre Israel e Judá entre 965 e 926 a.C. Salomão também teria redigido o "Cântico dos cânticos", ao qual remontam alguns traços e motivos da novela. Assim, a tez amorenada e a tonalidade purpúrea dos lábios de Vrenchen lembram a caracterização da "amada" no poema bíblico: "Sou morena, mas formosa,/ ó filhas de Jerusalém, [...]/ Não olheis eu ser morena:/ foi o sol que me queimou". Vrenchen é a forma diminutiva de Verônica, em grego "a que traz a vitória", ou Verena, em latim, "a confiável, verdadeira" (de *verus*) ou "a recatada" (de *vereni*, recatar-se, intimidar-se), nome feminino bastante difundido na Suíça.

convertem então o eleito em parâmetro de maldade para mensurar suas próprias qualidades, tratando-o com delicado recato, como uma espécie de escudo contra o mal, um ser marcado pelos deuses, ao passo que as vantagens de que este desfrutou lhes dão ao mesmo tempo água na boca.

Manz e Marti foram, portanto, os únicos que fizeram lances sérios para arrematar o campo; após um momento em que as ofertas foram se sobrepujando de modo obstinado, Manz o arrematou e o campo lhe foi atribuído. Os funcionários da administração e os curiosos se dispersaram; os dois camponeses, que ainda se dispunham a continuar o trabalho em seus campos, toparam na saída um com o outro e Marti disse:

— Agora você irá provavelmente fundir suas terras, a nova e a antiga, e dividi-la em duas partes iguais, não? Eu, pelo menos, faria isso se tivesse conseguido a coisa.

— Eu também farei desse mesmo modo — respondeu Manz — pois, como um único campo, a superfície me seria demasiado extensa. Mas eu queria dizer uma coisa: percebi que ainda há pouco você entrou obliquamente com o arado lá embaixo, onde termina o terreno que agora me pertence, e cortou um belo triângulo. Talvez você tenha feito isso na suposição de que ficaria com todo o campo e, assim, tudo seria propriedade sua de qualquer modo. Mas, como agora a terra é minha, você terá de convir que eu não necessito nem posso tolerar essa deformação despropositada e não irá se opor a que eu retifique esse pedaço de terra. Não vai sair briga por causa disso!

Marti retrucou de maneira tão fria quanto fora abordado por Manz:

— Também não vejo por que isso haveria de ocasionar briga! Penso que você adquiriu o terreno tal como ele está aí, nós todos o examinamos conjuntamente e faz uma hora que ele não sofre a mínima alteração!

Romeu e Julieta na aldeia

— Que asneira é essa? — replicou Manz. — Não vamos remexer no que aconteceu outrora, mas o que é demais é demais, e afinal as coisas todas têm de ter um traçado retilíneo; desde sempre estes três campos estiveram aprumados um ao lado do outro como se tivessem sido desenhados com o esquadro; agora é uma brincadeira muito estranha de sua parte querer enfiar aí semelhante arabesco ridículo e insensato, e se deixarmos assim esse pontal torto, nós dois seremos tachados de não sei o quê. Ele tem absolutamente de desaparecer!

Marti riu e disse:

— De repente você passa a ter um medo muito curioso da zombaria alheia! Se isso o incomoda, não há problema, vamos retificá-lo, mas não do meu lado; isso eu lhe dou por escrito, se você quiser!

— Não queira fazer gracinhas — disse Manz —, essa linha haverá de ser retificada e precisamente do seu lado, você pode apostar a vida nisso!

— É o que veremos! — atalhou Marti.

E então os dois homens se separaram sem mais se encarar; antes, voltaram o olhar para direções contrárias e o fixaram no azul do céu, como se tivessem em mira não se sabe que excentricidades, as quais precisassem contemplar mobilizando todas as forças de seus espíritos.

Logo no dia seguinte, Manz enviou ao campo um jovem que lhe prestava serviço, uma mocinha que trabalhava como diarista e o seu próprio filhinho Sali, a fim de que arrancassem os arbustos e ervas daninhas e os juntassem em montes, para que depois as pedras pudessem ser retiradas com mais facilidade. Constituía uma alteração em seu modo de ser o fato de enviar para o campo, sob os protestos da mãe, o menino que mal chegara aos onze anos e que até então não fora convocado a qualquer tipo de trabalho. Uma vez que Manz tomou tal medida pronunciando palavras sérias e solenes,

Romeu e Julieta na aldeia

parecia que com esse rigor infligido a alguém de seu próprio sangue ele quisesse atordoar a iniquidade em que vivia e que começava então a desdobrar silenciosamente suas consequências. Entretanto, a jovem equipe despachada para o trabalho arrancou animadamente as ervas daninhas e deu divertidas enxadadas nas curiosas touceiras e plantas de toda espécie que havia anos proliferavam por ali. Pois como se tratava de um trabalho extraordinário, como que desordenado, para o qual não se requeria nenhuma regra nem cuidado algum, ele foi considerado uma diversão. O mato todo, já crestado pelo sol, foi amontoado e queimado com grande júbilo, espalhando-se a fumaça pelo terreno em que os jovenzinhos pulavam como verdadeiros possessos. Foi a última festividade no campo da desgraça e a jovem Vrenchen, a filha de Marti, também se esgueirou para lá e ajudou bravamente nas tarefas. O inusitado desse acontecimento e a divertida excitação geral ofereceram um ótimo ensejo para que ela se aproximasse mais uma vez de seu pequeno companheiro de folguedos, e as crianças sentiam-se sobremaneira felizes e animadas ao redor de sua fogueira. Ainda chegaram outras crianças e logo se constituiu todo um grupo muito alegre. Contudo, assim que as duas crianças eram separadas, Sali logo buscava ficar de novo ao lado de Vrenchen e esta, sempre sorrindo prazerosamente, sabia do mesmo modo achegar-se a ele, e no íntimo de ambas as criaturas era como se esse dia magnífico não devesse nem pudesse jamais terminar. No entanto, por volta do entardecer o velho Manz apareceu para ver o que havia sido feito e, embora o trabalho estivesse terminado, ele se zangou por causa da animação toda e pôs o grupo em debandada. Ao mesmo tempo, Marti mostrou-se em suas terras e, divisando sua filha, levou os dedos à boca e lhe assobiou de maneira estridente e autoritária, fazendo-a acorrer assustada para lá e, sem mesmo saber por que razão, ele deu-lhe alguns bofetões, de tal modo que ambas as crianças retornaram para casa chorando e em imensa tristeza. E do mesmo modo como não sabiam por que motivo ainda há pouco estavam tão contentes, não sabiam agora por que se encontravam tão tristes; pois a brutalidade de seus pais, em si algo bastante novo, ainda não era compreendida por esses seres inocentes e feriu-os a mais não poder.

Quando Manz, nos dias seguintes, mandou recolher as pedras e levá-las embora, já se tratava de um trabalho mais pesado, que exigia braços adultos. Não acabava nunca e todas as pedras do mundo pareciam estar reunidas ali. Contudo, ele não deixou que elas fossem inteiramente removidas do campo, mas mandou despejar cada um dos carregamentos sobre aquele triângulo litigioso, o qual já havia sido arroteado e lavrado por Marti. Manz traçara anteriormente um sulco reto como marca divisória e atulhou então esse pedacinho de terra com todas as pedras que ambos os homens haviam arremessado ao campo abandonado desde tempos imemoriais, de tal forma que daí surgiu uma imponente pirâmide, a qual o seu adversário, conforme pensava ele, renunciaria a remover. Marti esperava tudo menos isso; ele acreditava que o outro iria partir para o trabalho com o arado, segundo o costume antigo e, por isso, ficou esperando vê-lo sair atrás do instrumento. Somente quando a coisa já estava praticamente feita, ele ouviu falarem do belo monumento erigido por Manz, saiu correndo para lá tomado de cólera, viu a oferenda, correu de volta e foi buscar o oficial de justiça da comunidade[9] para lavrar um protesto preliminar contra o amontoado de pedras e solicitar judicialmente o embargo dessa nesga de terra. E desse dia em diante os dois

---

[9] "Oficial de justiça da comunidade" corresponde no original a *Gemeindeammann*, palavra suíça que designava um alto funcionário da administração pública (*Amtmann*, em alto alemão). Em parte, suas funções assemelhavam-se às exercidas pelo "bailio" português.

camponeses se engalfinharam em processos e não descansaram até que ambos estivessem completamente arruinados.

Os pensamentos desses homens até então inteiramente sensatos pareciam agora tão curtos como palha triturada; o mais tacanho senso de justiça que se pode ter neste mundo se apoderara de ambos, na medida em que nenhum deles conseguia nem queria compreender por que razão o outro pretendia arrebatar para si, de maneira tão abertamente injusta e arbitrária, o insignificante pontal em questão. Quanto a Manz, acrescentou-se ainda uma bizarra inclinação por simetrias e linhas paralelas, e ele se sentiu verdadeiramente ofendido pela estrambótica teimosice com que Marti insistia na existência do mais insensato e obstinado dos arabescos. Ambos, todavia, coincidiam na convicção de que o outro, querendo levar vantagem sobre o adversário de maneira tão atrevida e grosseira, devia necessariamente tê-lo na conta de um desprezível palerma, pois uma coisa dessas as pessoas se permitem impingir a um pobre diabo indefeso, mas não a um homem íntegro, inteligente, que sabe se defender. Desse modo, cada um deles se via ferido em sua excêntrica honra, abandonando-se sem peias à paixão da disputa e da consequente decadência que daí ia resultando, de tal modo que a vida deles se assemelhou a partir de então ao tormento alucinado de dois condenados que, descendo uma correnteza escura sobre uma tábua estreita, digladiam-se, dão golpes no ar e se atracam e aniquilam, na suposição de que teriam agarrado o seu infortúnio.[10] Uma vez que estavam envolvidos

---

[10] Essa metáfora do "tormento alucinado de dois condenados" ao sabor da torrente escura insere-se entre as várias alusões literárias e mitológicas da novela. No sétimo canto do "Inferno", Dante descreve o tormento dos "iracundos" afundados no pantanoso rio Estígio, os quais não só se digladiam com mãos, testa, peitos e pés, mas também se despedaçam com os dentes (*troncandosi co' denti a brano a brano*).

numa causa iníqua, caíram ambos nas piores mãos de prestidigitadores, os quais incharam a sua fantasia corrompida, transformando-a em bolhas colossais recheadas com as coisas mais inúteis do mundo. Sobretudo aos especuladores da cidade de Seldvila esse negócio foi um prato cheio, e logo cada um dos litigantes tinha atrás de si um séquito de mediadores, informantes e conselheiros, que por mil caminhos sabiam extrair dinheiro vivo da história. Pois o pedacinho de terra com o amontoado de pedras, onde já florescia novamente uma selva de urtigas e cardos, representou apenas o primeiro germe ou a pedra fundamental de uma intrincada história e de um modo de vida no qual os dois cinquentões adotaram ainda novos hábitos e costumes, novos princípios e esperanças, diferentes em tudo daqueles que até então os distinguiam. Quanto mais dinheiro perdiam, tanto mais apaixonadamente ansiavam obtê-lo; e quanto menos possuíam, tanto mais obstinadamente pensavam em ficar ricos e sobrepujar o adversário. Deixaram-se conduzir a todo e qualquer embuste e por anos a fio buscaram a sorte em todas as loterias estrangeiras, cujos bilhetes circulavam em massa por Seldvila. Todavia, jamais chegaram a ver um táler[11] sequer, mas ouviam falar sempre da sorte de outras pessoas e de como eles próprios quase chegaram a ganhar, sendo que entrementes essa paixão se transformou num verdadeiro escoadouro de dinheiro.

---

[11] *Taler* (ou *Thaler*, em alemão) era uma grande moeda de prata posta em circulação no final do século XV pelo Sacro Império Romano--Germânico. Nos cantões suíços, o táler circulou até a segunda metade do século XIX, ao lado do "florim", também mencionado nesta novela de Keller (*Gulden*: moeda de ouro), e do próprio "franco", que começou a ser concebido em 1799. Nos estados alemães, o táler — que deu origem à palavra "dólar" — vigorou até a unificação em 1871, quando foi substituído pelo "marco".

Por vezes os habitantes de Seldvila se permitiam o gracejo de fazer com que os dois camponeses compartilhassem, sem que o soubessem, do mesmo bilhete, de tal modo que ambos depositavam suas esperanças de subjugar e aniquilar o outro no mesmíssimo número. Passavam metade do tempo na cidade, onde cada um estabelecera seu quartel-general numa espelunca em que permitia aos outros que lhes esquentassem a cabeça, desencaminhassem-nos às despesas mais ridículas e a uma miserável e desastrada dissipação, durante a qual o coração lhes sangrava secretamente, de tal modo que os dois homens, os quais no fundo viviam nessa discórdia apenas para não fazer figura de idiotas, agora representavam tal papel à risca e assim eram vistos por todos. Na outra metade do tempo ficavam ociosos e aborrecidos em casa ou corriam atrás do trabalho, procurando recuperar o que fora perdido mediante uma precipitação desvairada e prejudicial, num comportamento que apenas afugentava os trabalhadores mais ordeiros e confiáveis. Assim as coisas retrocederam violentamente para ambos e, antes que se passassem dez anos, estavam atolados por completo em dívidas, postados como cegonhas sobre uma só perna no umbral de suas propriedades, de onde qualquer vento leve os lançava ao chão. Mas não importava o rumo que a vida deles ia tomando, o ódio entre ambos tornava-se maior a cada dia, já que cada um enxergava no outro o promotor de sua desgraça, o seu inimigo mortal e antagonista completamente irracional, que o diabo colocara no mundo com a intenção explícita de arruiná-lo. Cuspiam logo que se viam de longe; nenhum membro de sua casa podia trocar uma palavra sequer com a mulher, o filho ou o criado do outro, se quisesse evitar os piores maus-tratos.

As esposas se comportaram de maneira diferente perante esse depauperamento e deterioração do conjunto da existência. A mulher de Marti, que tinha boa índole, não suportou a decadência, consumiu-se e morreu antes que sua filha chegasse aos quatorze anos. A mulher de Manz, ao contrário, acomodou-se ao novo estilo de vida e, para desdobrar-se numa má companheira, não precisou fazer outra coisa senão dar rédeas soltas a alguns defeitos femininos que sempre lhe foram peculiares e convertê-los em vícios. O seu gosto por petiscar transformou-se em descontrolada glutonaria, sua língua afiada mudou-se em maledicência profundamente falsa e mentirosa, que produzia apenas lisonjas e calúnias e com a qual ela dizia a todo instante o contrário do que pensava, realizava tudo às pressas e fazia o próprio marido crer que dois mais dois são cinco.[12] A franqueza inicial, com a qual ela se entregava à tagarelice mais inocente, convertera-se agora em calejado despudor, por meio do qual ela levava adiante toda aquela falsidade e, assim, em vez de sofrer sob o domínio do marido, ela o fazia de bobo; se ele via a situação em cores sombrias, ela a pintava de cor-de-rosa, não se privava de nada, e assim floresceu até a extrema corpulência de uma governanta incumbida da casa em desmoronamento.

Desse modo, as coisas se tornaram ruins para o pobre filho e a pobre filha, os quais não podiam acalentar nenhuma esperança boa para o futuro e tampouco usufruir minimamente de uma juventude amena e feliz, pois ao seu redor só havia discórdia e preocupação. Vrenchen enfrentava aparentemente uma situação pior do que a de Sali, uma vez que sua mãe havia morrido e ela, sozinha numa casa desolada, encontrava-se entregue à tirania de um pai embrutecido. Quan-

---

[12] No original, *ein X für ein U vormachte* ("fazia um X no lugar de um U"): a expressão, com o significado de "enganar, ludibriar", remonta ao alfabeto latino em que o U, confundindo-se com o V, representa ao mesmo tempo o numeral cinco. Duplicando-se para baixo os traços do V tem-se o X, que também significa dez. Com esse truque o taverneiro, por exemplo, podia ludibriar o freguês no momento de fechar a conta.

do alcançou a idade de dezesseis anos, já era uma moça esbelta e cheia de encantos; seu cabelo castanho-escuro descia em cachos quase até os reluzentes olhos castanhos, um fluxo sanguíneo vermelho-escuro irrigava as faces do rosto amorenado e brilhava em púrpura profunda no frescor dos lábios, numa combinação raramente vista e que dava à menina morena uma aparência e uma nota peculiares. Contentamento e ardorosa alegria pela vida fremiam em cada fibra desse ser que ria e estava disposto a todo tipo de diversão e brincadeira tão logo o tempo se mostrasse minimamente aprazível, ou seja, quando não havia aflições em excesso ou quando ela não tinha de suportar demasiadas preocupações. Estas, todavia, atormentavam Vrenchen com bastante frequência; pois ela não apenas era obrigada a arcar com o sofrimento e a crescente miséria da casa, mas precisava dedicar também um pouco de atenção a si mesma; desejava, assim, vestir-se com razoável apuro e alinho, sem que para isso o pai lhe concedesse os mínimos recursos. Desse modo, Vrenchen tinha as maiores dificuldades para dispensar qualquer cuidado à sua pessoa encantadora, para conquistar o mais modesto vestido de domingo e manter alguns lencinhos de pescoço coloridos e quase sem valor. Por isso, a bela e amável jovem via-se humilhada e tolhida sob todos os aspectos e não poderia jamais sucumbir à soberba. Além do mais, nem bem o seu entendimento começara a despertar, presenciou o sofrimento e a morte da mãe, e essa lembrança colocava mais uma rédea em seu jeito de ser alegre e ardoroso, de tal modo que constituía uma sensação sobremaneira agradável, inocente e comovente ver como a boa moça, apesar de tudo, animava-se e estava pronta a sorrir toda vez que o sol brilhava.

À primeira vista a vida de Sali não era assim tão dura; pois agora ele era um rapaz bonito e vigoroso, que sabia defender-se e cuja aparência não permitia supor, pelo menos exteriormente, que estivesse sujeito a maus-tratos. Ele via muito bem os negócios descontrolados de seus pais e acreditava poder lembrar-se de que em tempos anteriores não fora desse modo. Sim, Sali ainda preservava na memória a antiga imagem de seu pai como um camponês com os pés no chão, inteligente e tranquilo, o mesmo homem que ele tinha agora diante dos olhos como um tolo grisalho, querelante e ocioso, que em atitudes tresloucadas e fanfarronescas andava por mil caminhos disparatados e insidiosos, a cada instante remando para trás como um caranguejo. Se isso desagradava a Sali e com frequência o cumulava de vergonha e dor, sem que ficasse claro à sua inexperiência como as coisas haviam chegado a esse estado, suas preocupações eram logo entorpecidas pela lisonjaria com que a mãe o tratava. Pois para não ser perturbada em seu desgoverno e ter um bom aliado, e também para alimentar sua mania de grandeza, ela lhe permitia satisfazer todas as vontades, vestia-o com cuidado e alinho e o apoiava em tudo que ele empreendia para sua diversão. Ele recebia tais mimos sem muita gratidão, pois a mãe tagarelava e mentia demais para o seu gosto; e na mesma medida em que encontrava pouca alegria nessas coisas, ele fazia irrefletida e lassamente o que lhe era conveniente, sem que isso desembocasse, entretanto, em algo ruim, porque ele ainda não fora afetado pelo exemplo dos pais e sentia a necessidade juvenil de ser simples, tranquilo e razoavelmente competente em tudo. Sali se assemelhava bastante ao que o seu pai fora nessa idade, o que incutia neste uma consideração espontânea pelo filho, no qual ele, com consciência atribulada e recordação penosa, respeitava sua própria juventude. Apesar dessa liberdade usufruída por Sali, este de fato não se alegrava com sua existência e sentia claramente que não tinha diante de si nada que fosse de valor e tampouco estava aprendendo algo que prestasse, pois já fazia muito tempo que não se podia falar de uma atividade coerente e sensata na casa dos Manz. Por esse motivo, o seu maior consolo era manter-se orgulhoso de

Romeu e Julieta na aldeia

sua independência e da integridade ainda preservada, de tal modo que, envolto nesse orgulho, deixava os dias passarem obstinadamente e desviava os olhos do futuro.

A única obrigação a que ele estava submetido era a hostilidade de seu pai a tudo que se chamasse Marti ou que despertasse a lembrança deste. Sali, todavia, não sabia senão que Marti causara danos a seu pai e que em sua casa reinava igualmente uma mentalidade hostil, de maneira que não lhe foi difícil deixar de ver tanto Marti como sua filha e, no tocante a si próprio, imaginar-se como um inimigo incipiente, mas um tanto pacato. Vrenchen, ao contrário, que tinha de suportar bem mais do que Sali e estava muito mais abandonada em sua casa, sentia-se menos disposta a assumir uma efetiva hostilidade e acreditava-se apenas desprezada por Sali, sempre bem-vestido e aparentemente mais feliz; por isso ela se escondia dele e, toda vez que o rapaz se encontrava nas proximidades, ela se afastava rapidamente, sem que Sali se desse ao trabalho de segui-la com os olhos. Aconteceu desse modo que ele ficou alguns anos sem ver a moça de perto e não sabia absolutamente que feições ela tinha desde que crescera. E, contudo, volta e meia ele era acometido de profundo espanto, e sempre que se falava no nome Marti, ele pensava involuntariamente tão somente na filha, cuja aparência de então não lhe era nítida e cuja lembrança de modo algum lhe era execrável.

Todavia, seu pai, Manz, foi o primeiro dos dois inimigos que não conseguiu mais se aguentar e teve de deixar casa e terras. Essa dianteira decorria do fato de que ele tinha uma esposa que o ajudava na dissipação e um filho que também precisava de algumas coisas, enquanto Marti era o único que consumia em seu trêmulo reino, e sua filha era obrigada apenas a trabalhar como um pequeno animal doméstico, mas não usufruir de nada. Manz, contudo, não soube fazer outra coisa senão ir para a cidade a conselho de seus protetores de

Seldvila e estabelecer-se como taberneiro. É sempre deprimente de ver quando um antigo camponês, que envelheceu nos campos, muda-se para a cidade com o que restou de seus pertences e abre por lá uma venda ou taberna para, como derradeira tábua de salvação, desempenhar o papel de taberneiro simpático e desenvolto, enquanto em seu íntimo ele não tem a menor vontade de ostentar simpatia.

Quando os Manz partiram de sua propriedade, pôde-se ver o grau de pobreza a que eles haviam chegado, pois não carregaram senão um mobiliário velho e em ruínas que desde muitos anos, como se podia perceber, não era reparado ou renovado. Mas nem por isso a mulher deixou de vestir suas melhores roupas, colocando no rosto uma expressão sobremaneira esperançosa e já olhando de cima para baixo, como futura citadina, os desprezíveis aldeãos que observavam compadecidos a duvidosa comitiva. Pois ela se propusera a encantar toda a cidade com sua afabilidade e inteligência, e tudo aquilo que seu simplório[13] marido não era capaz de fazer ela iria efetivamente realizar logo que se visse na condição de senhora taberneira em um imponente estabelecimento. Este, todavia, consistia numa soturna venda de esquina em uma viela afastada e estreita, onde um outro acabara de ir à falência e que os habitantes de Seldvila arrendavam agora a Manz, uma vez que ele podia desembolsar ainda algumas centenas de táleres. Venderam-lhe também alguns barrilzinhos de vinho misturado com água e o mobiliário da casa, que consistia em uma dúzia de pequenas garrafas esbranquiçadas, a mesma quantidade de copos e algumas mesas e bancos de pinho, pintados outrora com tinta vermelho-escura, mas descascando agora em toda a superfície. Diante da jane-

---

[13] Keller emprega aqui o adjetivo *versimpelt*, que no alemão suíço comporta também a nuance de uma degradação material e moral.

Romeu e Julieta na aldeia

la, um aro de ferro rangia dependurado de um gancho e no aro via-se uma mão de lata a despejar vinho de um jarro num copo. Além disso, um ramo já ressecado de azinheira pendia sobre a porta de entrada, sendo isso tudo o que Manz recebeu junto com o arrendamento. Por essa razão ele não se sentia tão animado quanto sua esposa, mas era com pressentimento funesto e funda raiva que ia tocando os cavalos esquálidos, que ele tomara emprestados do novo camponês. Já fazia algumas semanas que o seu último empregadinho andrajoso o abandonara. Ao partir nessas condições, ele viu muito bem como Marti, cheio de escárnio e maliciosa alegria, fazia qualquer coisa nas proximidades da cidade; lançou-lhe maldições e considerou-o o único culpado pela sua desgraça. Sali, porém, acelerou o passo logo que o veículo se pôs em movimento, ganhou a dianteira e tomou sozinho o rumo da cidade por caminhos laterais.

— Cá estamos nós! — disse Manz quando o transporte parou diante da pequena espelunca.

A mulher levou um susto, pois era de fato um triste estabelecimento. As pessoas não demoraram a surgir nas janelas ou diante das casas para examinar o novo taberneiro do campo e, com o sentimento de superioridade próprio da gente de Seldvila, assumiram expressões compassivamente zombeteiras. Furiosa e com os olhos marejados, a senhora Manz desceu do carro e, já começando a afiar a língua, correu para dentro da casa, a fim de, se possível, não mais se mostrar nesse dia; pois sentia vergonha dos objetos ordinários e das camas danificadas que iam sendo descarregadas. Sali também se envergonhou, mas ele tinha de ajudar e, junto com o seu pai, armou uma curiosa exposição[14] na viela em que

---

[14] Esse amontoado caótico de móveis, objetos e demais coisas da mudança é caracterizado por Keller como *Verlag* (*ein seltsamer Verlag*),

pouco depois os filhos de outros falidos já estavam saltando para lá e para cá, divertindo-se às custas do esfarrapado bando de camponeses. Mas dentro da casa tudo era ainda mais soturno e se assemelhava a um perfeito covil de ladrões. As paredes eram úmidas e pessimamente caiadas; afora o próprio espaço escuro e inospitaleiro da taverna, com suas mesas outrora vermelho-escuras, viam-se tão somente alguns pequenos cômodos muito ruins, e por toda parte o antecessor, ao ir embora, deixara bugigangas e a mais deplorável imundície.

Assim foi o começo e assim continuou. Durante a primeira semana vinha de quando em quando, sobretudo à noite, um punhado de pessoas, movidas pela curiosidade de conhecer o taberneiro do campo e ver se daí não poderia resultar talvez alguma diversão. No taverneiro eles não tinham muito o que observar, pois Manz era desajeitado, duro, descortês e melancólico; não sabia absolutamente comportar-se e tampouco queria saber. Ele enchia os jarros devagar e canhestramente, depositava-os mal-humorado na frente dos fregueses e tentava dizer alguma coisa, mas de sua boca não saía nada. Com disposição tanto maior, sua mulher arregaçou as mangas e por alguns dias conseguiu de fato segurar as pessoas, mas num sentido inteiramente diferente daquele que ela imaginava. A mulher já bastante corpulenta reuniu uma indumentária em que se acreditava irresistível. A uma saia de linho e sem cor, que se usa no campo, juntou uma velha blusa Spencer[15] de seda verde, um avental de algodão e uma gorjeira branca de péssima qualidade. De seu cabelo já não

---

que no século XX passou a significar tão somente "editora", mas nos séculos anteriores era empregado para toda exposição e venda de produtos. Keller usa aqui o termo com inequívoca intenção irônica.

[15] A designação para esse modelo de blusa ou jaqueta (também com a grafia *Spenzer*) deve-se ao seu criador, Lord Spencer.

muito abundante fez engraçados caracóis nas têmporas e enfiou um volumoso pente na trancinha de trás. Assim ela requebrava e rodopiava pela taverna com forçada elegância, fazia biquinho a fim de afetar meiguice, ia saltitando como elástico de mesa em mesa e, servindo um copo ou um prato com queijo salgado, dizia sorrindo:

— Então, então? Ora, ora! Maravilhoso, maravilhoso, meus senhores! — e semelhantes bobagens. Pois embora possuísse via de regra uma língua afiada, nas circunstâncias em vigor não conseguia extrair de si nada de espirituoso, pois era forasteira nesse lugar e não conhecia as pessoas. Os seldvilenses da pior espécie, abancados junto às mesas, tapavam a boca com a mão a ponto de estourar de riso, tocavam-se sob as mesas com a ponta dos pés e diziam:

— Com a breca! Esta é uma verdadeira maravilha!

— Uma figura divina! — dizia um outro —, com todos os trovões! Vale a pena vir até aqui, há quanto tempo a gente não via uma dessas!

O marido percebia isso muito bem, com olhar sombrio dava-lhe uma cotovelada nas costelas e murmurava:

— Sua vaca velha! O que você está fazendo?

— Não me atrapalhe, seu velho pateta! — dizia ela contrariada. — Não está vendo o quanto estou me esforçando para lidar com as pessoas daqui? Mas por enquanto são apenas velhacos da sua laia. Deixe eu continuar assim e logo quero ter aqui uma freguesia mais distinta!

Tudo isso era iluminado por duas ou três delgadas velas de sebo. Mas Sali, o filho, retirava-se para a cozinha escura, sentava-se junto ao fogão e chorava por causa do pai e da mãe.

Logo, porém, os fregueses cansaram-se do espetáculo que a boa senhora Manz lhes oferecia e ficaram onde lhes era mais agradável e podiam rir dos insólitos taverneiros. Apenas de vez em quando aparecia um freguês ocasional, que tomava um copo e ficava olhando para as paredes, ou então vinha excepcionalmente toda uma horda para iludir os pobres diabos com um efêmero tumulto e barulho. Angústia e apreensão dominaram-nos nessa apertada construção de esquina, onde mal podiam ver o sol; e Manz, acostumado a passar dias a fio na cidade, começou a achar insuportável ter de ficar entre essas paredes. Quando pensava na livre amplidão dos campos, cravava o olhar sombrio e meditativo no teto ou no assoalho, apressava-se a sair pela estreita porta da frente, mas voltava incontinente para dentro, já que os vizinhos logo botavam os olhos sobre o taverneiro iracundo, conforme era chamado. Mas não demorou muito tempo e eles empobreceram completamente até nada mais terem em mãos. Para comer algo precisavam esperar até que viesse alguém e, por uma pequena quantia, consumisse um pouco do vinho ainda disponível; se esse freguês pedisse salsicha ou coisa semelhante, eles com frequência tinham de passar por imensa aflição e angústia para conseguir em outro lugar o que fora pedido. Também o vinho eles logo tiveram de guardar numa garrafa grande, que mandavam encher às ocultas em outra taverna; e desse modo eram obrigados a representar o papel de taverneiros desprovidos de vinho e pão e aparentar simpatia sem terem se alimentado decentemente. Chegavam quase a alegrar-se quando não aparecia ninguém e assim ficavam acocorados no seu negociozinho, sem poder viver e sem poder morrer.

Tendo feito essas tristes experiências, a mulher despiu de novo a blusa Spencer e se empenhou numa nova transformação, na medida em que, como se dera outrora com os seus defeitos, deixou aflorar agora algumas virtudes femininas e buscou aperfeiçoá-las, pois a água já chegara ao pescoço. Deu provas de paciência e procurou sustentar o velho em pé e orientar o filho para o bem; sacrificou-se de múltiplas maneiras nas situações mais diversas; em suma, passou a exercer a seu modo uma espécie de influência benéfica que, se não tinha longo alcance e não melhorava muita coisa, era de todo modo melhor do que nada ou do que a atitude oposta, e pelo menos ajudou a preencher o tempo, evitando que o colapso chegasse muito antes para essa família. Ela sabia agora dar alguns conselhos em assuntos deploráveis, de acordo com sua compreensão das coisas, e se o conselho não servia para nada ou dava errado, ela suportava docilmente o rancor dos homens — em poucas palavras, agora que estava velha a senhora Manz fazia tudo aquilo que teria ajudado muito mais se tivesse sido colocado em prática antes.

Para passar o tempo e ter pelo menos algo para mastigar, pai e filho se voltaram à pescaria, lançando mão de vara e apetrechos na medida em que era permitido a todos jogar o anzol no rio. Essa se tornava também uma das principais ocupações dos habitantes de Seldvila logo que faliam. Com tempo bom, quando os peixes gostam de beliscar, viam-se dezenas deles marchando com varas e baldes, e quando se caminhava ao longo das margens, topava-se a cada palmo com um desses pescadores que se mantinham de cócoras — este trajando um comprido paletó marrom e com os pés descalços na água, aquele metido numa pontiaguda casaca azul, equilibrando-se sobre um velho salgueiro e com o puído chapéu de feltro caindo enviesado sobre uma orelha; mais adiante, um outro pescava num camisolão rasgado e estampado com grandes flores, já que não tinha nada melhor para vestir, o longo cachimbo numa das mãos e a vara na outra; e após percorrer uma sinuosidade do rio, eis um velho barrigudo e calvo, pescando totalmente nu sobre uma pedra — apesar de permanecer na água, tinha os pés tão enegrecidos que se acreditava que estivesse calçando botas. Cada um tinha uma latinha ou caixinha ao seu lado, na qual pululavam as minhocas que os pescadores costumavam desenterrar em outras horas. Sempre que o céu estava carregado de nuvens e o tempo, abafado e escuro, prometendo chuva, essas figuras se concentravam em maior número junto à torrente do rio, impassíveis como uma galeria de imagens sacras, santos ou profetas. Tocando bois e carroças, os camponeses passavam distraidamente por eles, e os barqueiros no rio sequer os notavam, enquanto eles resmungavam por causa das importunas embarcações.

Se doze anos atrás, quando Manz saía com uma bela junta de cavalos para arar na colina acima do rio, alguém lhe tivesse profetizado que um dia ele próprio se juntaria a esses estranhos santos e, como eles, estaria em busca de peixes, ele teria se sobressaltado consideravelmente. Mas agora Manz passava rapidamente por trás dos pescadores e apressava-se rio acima, à semelhança de uma obstinada sombra do mundo dos mortos, que para sua danação procura um lugarzinho solitário e confortável junto às águas escuras. Todavia, ficar parado com a vara, para isso nem ele nem seu filho tinham paciência, e então se lembraram dos diferentes métodos com que os camponeses, quando querem se jactar, apanham peixes, especialmente com as mãos, percorrendo os riachos. Por isso, levavam varas apenas para as aparências e iam subindo pelas bordas dos riachos, onde sabiam que havia trutas caras e excelentes.

Entretanto, as coisas iam correndo de mal a pior também para Marti, que permanecera no campo; a situação se lhe tornara extremamente tediosa, de tal modo que, em vez de trabalhar em suas terras negligenciadas, voltou-se igualmente para a pescaria e passava dias a fio chapinhando na água. Vrenchen não podia sair do seu lado e tinha de carregar balde e apetrechos, atravessando sob chuva ou sol prados encharcados, riachos e brejos de todo tipo, sendo que para isso era obrigada a pôr de lado o trabalho mais necessário em casa. Por lá não havia mais nenhuma alma e também não se precisava de ninguém, uma vez que Marti havia perdido a maior parte de suas terras e só possuía ainda alguns poucos terrenos, os quais ele cultivava, ajudado pela filha, com bastante desmazelo ou então deixava totalmente abandonados.

Aconteceu assim que, num entardecer em que Marti caminhava ao longo de um riacho profundo e de forte correnteza, no qual as trutas pululavam aos montes já que o céu estava encoberto por nuvens de tempestade, ele se deparou inesperadamente com o seu inimigo Manz, que percorria a outra margem. Logo que o avistou, foi tomado por um terrível sentimento de rancor e escárnio; desde muitos anos eles não chegavam tão perto um do outro — excetuando-se as situações diante dos tribunais, quando não podiam praguejar — e Marti bradou raivoso:

— O que você está fazendo aqui, seu cachorro? Por que não fica no seu covil de vagabundos, seu cão miserável de Seldvila?

— É onde você em breve também vai terminar, seu trapaceiro! — exclamou Manz. — Você também já está à cata de peixes e logo vai chegar ao fundo do poço!

— Cale a boca, seu cão pestilento — gritou Marti, pois nesse ponto do rio as ondas rumorejavam com mais força. — Foi você que me levou à desgraça!

E, como agora também os salgueiros das margens começassem a rumorejar fortemente no temporal que se levantava, Manz teve de gritar ainda mais alto:

— Se isso fosse mesmo verdade, eu ficaria muito contente, seu verme insignificante!

— Oh, seu cachorro! — gritou Marti para lá, e Manz para cá:

— Oh, seu asno, como você é estúpido!

E aquele foi saltando como um tigre ao longo do riacho, procurando passar para o outro lado. A razão de Marti ser o mais furioso residia na sua opinião de que Manz como taverneiro tinha, pelo menos, o suficiente para comer e beber e levava uma vida mais divertida, enquanto ele tinha de experimentar injustamente tanto tédio em sua propriedade arruinada. Entretanto, Manz também marchava bastante furioso pela outra margem; atrás caminhava o filho que, longe de prestar atenção à horrível briga, olhava curioso e ao mesmo tempo surpreso para Vrenchen, que seguia envergonhada seu pai, fixando o chão de tal modo que os cabelos crespos e castanhos lhe caíam sobre o rosto. Numa das mãos trazia um balde de madeira para os peixes, com a outra segurava sapatos e meias e mantinha suspensa a barra da saia para que não molhasse. Contudo, desde que Sali caminhava pelo outro lado, o pudor a fizera baixar novamente a saia e ela se sentia agora triplamente incomodada e torturada, pois tinha de carregar todas essas coisas, segurar a saia e também se afligia por causa da briga. Se ela tivesse levantado os olhos na direção de Sali, teria percebido que ele já não parecia mais tão distinto e orgulhoso, mas antes se mostrava sobremaneira atormentado. Enquanto Vrenchen, inteiramente desconcertada e vexada, mirava o chão e Sali só tinha olhos para sua figura, esbelta e encantadora mesmo em meio a toda essa miséria, não perceberam que seus pais haviam se calado mas, com fúria redobrada, corriam na direção de uma passagem de madeira que se estendia sobre o rio e só agora se tornara visível. Começou a relampejar e a sombria, melancólica paisagem em torno do rio iluminou-se estranhamente. Também as nuvens, de um cinzento carregado, estrondearam surdamente e pesadas gotas começaram a cair, enquanto os dois homens, convertidos em feras, precipitaram-se no mesmo instante sobre a estreita ponte que oscilava debaixo de seus pés, atracaram-se, ergueram os punhos e golpearam-se mutuamente nos rostos pálidos, trêmulos de raiva e de agonia recrudescente.

Não é nem um pouco decoroso quando dois homens austeros, movidos pela soberba, irreflexão ou autodefesa, chegam ao ponto de desferir ou receber socos sob os olhos de pessoas que não lhes dizem minimamente respeito. Mas isso é ainda uma brincadeira inofensiva em comparação com a profunda miséria que acomete dois homens já entrados em anos, que se conhecem bem e desde muito tempo, fazendo-os engalfinharem-se e trocarem socos e pontapés, como consequência de entranhada inimizade e do curso de toda uma história de vida. É o que faziam agora esses dois homens encanecidos; possivelmente meio século atrás eles lutaram pela última vez como moleques, mas depois não voltaram a se tocar durante cinquenta longos anos, exceto naqueles bons tempos em que se cumprimentavam com um aperto de mão e mesmo isso apenas raramente, em virtude dos modos secos e contidos de ambos.

Após terem se golpeado algumas vezes, detiveram-se e em seguida se atracaram convulsivamente, gemendo de quando em quando e com um assustador ranger de dentes, cada um tentando arremessar o outro para fora da ponte que estalava. Mas então chegaram os seus filhos e viram o deplorável espetáculo. Sali deu um salto para diante a fim de ficar ao lado de seu pai e ajudá-lo a dar cabo do inimigo odiado, que de qualquer modo parecia ser o mais fraco e já estava prestes a sucumbir. Todavia, também Vrenchen precipitou-se com um grito prolongado e, largando tudo o que tinha nas mãos, abraçou o pai para protegê-lo, sendo que desse modo apenas tolhia e impedia os seus movimentos. Lágrimas jorravam dos olhos da moça e ela dirigiu um olhar suplicante a Sali, que também estava a ponto de agarrar Marti e subjugá-lo por completo. Involuntariamente, porém, ele colocou as mãos sobre o próprio pai, procurando acalmá-lo e, com braço firme, afastá-lo do seu adversário, de modo que a luta cessou por um breve instante ou, antes, o grupo todo passou a arrastar-se agitadamente para lá e para cá, sem poder se desmembrar. Com isso os jovens, interpondo-se entre os ve-

lhos, entraram em contato físico, sendo que nesse instante uma fenda nas nuvens, deixando passar a luz crua do entardecer, iluminou o rosto próximo da moça e Sali olhou para esse rosto tão familiar e que, no entanto, havia se tornado tão diferente e tanto mais belo. Nesse mesmo instante, Vrenchen percebeu sua admiração e sorriu-lhe brevemente em meio às lágrimas e a todo seu horror. Sali, entretanto, sacudido pelos esforços do pai em desvencilhar-se de seus braços, recobrou forças e, com punho determinado e palavras enérgicas, separou-o por fim inteiramente do inimigo. Ambos os homens respiravam com dificuldades e, abrindo distância entre si, começaram de novo a gritar e se insultar. Os filhos, todavia, mal respiravam, estavam mudos como a morte, mas ao se separarem e tomarem direções contrárias, despediram-se às ocultas dos pais, dando-se rapidamente as mãos frias e úmidas por causa dos peixes e da água.

Quando as partes em conflito enveredaram rancorosas pelos seus respectivos caminhos, as nuvens haviam se fechado de novo, escurecia cada vez mais e a chuva jorrava caudalosamente do céu. Manz ia à frente, cambaleando pelas trilhas escuras e úmidas, engurujava-se sob a chuva com as mãos enfiadas nos bolsos, as faces lhe tremiam, os dentes batiam e pela barba malfeita escorriam lágrimas imperceptíveis, que ele não limpava para não denunciar o choro com o gesto. O seu filho, contudo, não havia visto nada disso, porque ia caminhando envolto em venturosas imagens. Não notava nem chuva nem tempestade, nem escuridão nem miséria alguma; mas dentro e fora de si tudo lhe era leve, luminoso e cálido, e ele se sentia tão rico e aconchegado como se fosse o filho de um rei. Via ininterruptamente o sorriso fugaz daquele rosto belo e próximo e somente agora, mais de meia hora depois, ele o retribuiu, na medida em que, transbordando de amor, ria em meio à noite e à tempestade para o rosto querido que por toda parte lhe surgia da escuridão, fazendo-o crer que Vrenchen, a caminho de casa, havia necessariamente de ver esse seu sorriso e acolhê-lo em seu íntimo.

No outro dia o seu pai sentia-se como que arrasado e não queria sair de casa. A história toda, a miséria de muitos anos assumiu nesse dia uma face nova, mais nítida, e espalhou-se sombriamente pela atmosfera opressora da espelunca, de tal forma que marido e mulher, abatidos e envergonhados, esgueiravam-se ao redor desse fantasma, arrastavam-se do salão da taverna para os quartinhos escuros, destes para a cozinha e daí novamente para o salão, no qual nenhum freguês se apresentava. Por fim, cada um sentou-se em seu canto e deu início a uma disputa cansada, a um desalentado jogo de acusações, que se estendeu por todo o dia e durante o qual marido e mulher por vezes adormeciam, continuamente atormentados por turbulentas visões que vinham da consciência e os despertavam de novo. Apenas Sali não via nem ouvia nada disso, pois pensava única e exclusivamente em Vrenchen. No íntimo, era-lhe ainda não só como se fosse inefavelmente rico, mas também como se tivesse aprendido algo de valor e soubesse incontáveis coisas belas e boas, uma vez que conhecia agora, de maneira clara e determinada, o que havia visto no dia anterior. Esse conhecimento caíra-lhe como que dos céus e ele se encontrava num venturoso e ininterrupto estado de admiração; no entanto, era-lhe também como se no fundo ele soubesse e conhecesse desde sempre o que agora o cumulava de maravilhosa doçura. Pois nada se compara à riqueza e incomensurabilidade de uma felicidade que se apresenta ao ser humano sob uma forma tão clara e nítida, batizada pelo sacerdotezinho e muito bem provida com um nome próprio, que não soa como os demais nomes.

Romeu e Julieta na aldeia

Nesse dia, Sali não se sentia nem ocioso nem infeliz, nem pobre nem desesperançado; estava, antes, inteiramente ocupado em reconstituir na imaginação o rosto e a figura de Vrenchen, hora após hora, sem descansar um só instante. Em meio, todavia, a essa atividade, o seu objeto se perdeu quase que por completo, isto é, ele chegou por fim à suposição de que não sabia mesmo qual era de fato a aparência de Vrenchen. É certo que guardava na memória uma imagem geral dela, mas, se tivesse de descrevê-la, não conseguiria dar conta de tal tarefa. Via permanentemente essa imagem como se a mesma estivesse à sua frente, sentia seu influxo benfazejo e, contudo, ele a via tão somente como algo avistado uma única vez, a cujo poder se está subjugado e que, no entanto, não se conhece. Lembrava-se de modo preciso, também com grande prazer, dos traços faciais que a pequena garotinha ostentara no passado, mas não daqueles efetivamente vistos no dia anterior. Se nunca mais tivesse tido Vrenchen sob os olhos, a sua memória teria de mobilizar todas as forças para recompor com nitidez o rosto amado, de modo a não lhe faltar um único traço. Mas agora a memória recusava-lhe obstinada e astutamente os seus préstimos, pois os olhos reivindicavam o que lhes cabia por direito e lhes proporcionava prazer; e quando, no decorrer da tarde, o sol lançou sua luz quente e clara sobre os andares superiores dos escuros aposentos, Sali esgueirou-se pelo portão no rumo de sua antiga terra natal, que nesse momento lhe pareceu ser uma Jerusalém celestial, com doze portais resplandecentes, e fazia o coração disparar-lhe à medida que se aproximava.[16]

---

[16] Se imediatamente após o encontro com Vrenchen junto ao rio Sali passa a sentir-se "tão rico e aconchegado como se fosse o filho de um rei", ao aproximar-se agora da casa da amada ele tem a sensação de estar indo ao encontro da Jerusalém celeste, descrita no *Apocalipse* (21: 1-2) como

No caminho ele topou com o pai de Vrenchen, que aparentemente estava se dirigindo à cidade. Tinha um aspecto bastante selvagem e desleixado, a barba já então grisalha não era feita havia semanas e ele parecia um camponês desorientado e um tanto maldoso, que perdeu levianamente suas terras e sai agora para causar danos a outras pessoas. No entanto, quando passaram um pelo outro, Sali não o viu mais com ódio, mas sim cheio de temor e recato, como se a sua vida estivesse nas mãos de Marti e ele desejasse antes implorar por ela do que recobrá-la com luta. Marti, porém, mediu-o da cabeça aos pés com um olhar maligno e seguiu seu caminho. Entretanto, isso foi conveniente para Sali, pois então se lhe tornou claro, ao ver o velho deixando a aldeia, o que ele realmente buscava nesse lugar, e por trilhas antigas e familiares ficou rondando a aldeia e suas vielas escondidas até ver-se diante da casa e do quintal de Marti. Fazia muitos anos que não via mais esse lugar tão de perto; pois mesmo quando moravam ali, as partes inimigas evitavam ultrapassar as linhas divisórias. Por isso ele se surpreendeu com o que observava agora na própria casa paterna e, tomado pelo espanto, fixava a desolação que tinha diante de si. Quanto a Marti, foi-lhe sendo confiscado um campo atrás do outro; ele já não possuía senão a casa e o terreno em frente, ao lado de um pedaço do jardim e do campo na colina junto ao rio, ao qual ele se apegava com máxima obstinação.

Entretanto, não se podia falar mais de um cultivo ordenado e, no campo em que tão belamente tremulavam outrora as espigas bem formadas quando chegava a época da colheita, germinavam agora restos de sementes de má qualida-

---

"uma esposa que se enfeitou para seu marido". O narrador vale-se assim de metáforas ensejadas pela coincidência do nome do herói com o do célebre rei bíblico, mas ao mesmo tempo seculariza a simbologia religiosa ao figurá-la enquanto promessa de realização de um amor terreno.

de, sobras de velhas caixas e sacos rasgados — nabos, repolhos e gêneros desse tipo, também um pouco de batatas, de tal maneira que o terreno parecia uma plantação de legumes muito mal cuidada, um curioso mostruário vegetal exemplificando como viver ao deus-dará, arrancando aqui um punhado de nabos quando vem a fome e não se tem nenhuma alternativa, ali uma porção de batatas ou repolho, deixando o restante se alastrar ou apodrecer como bem quisesse. Qualquer pessoa também podia perambular à vontade por ali, e assim essa porção de terra outrora bela e ampla quase parecia aquele terreno sem dono, do qual adviera toda a desgraça. Por isso não havia em torno da casa nenhum vestígio de atividade agrícola. O estábulo estava vazio, a porta fixada apenas por uma dobradiça e incontáveis aranhas-de-cruz, as quais haviam se desenvolvido durante o verão, deixavam os seus fios brilhar ao sol diante da escura entrada. No portão escancarado do celeiro, por onde antigamente entravam os frutos da terra circundante, estavam pendurados ordinários apetrechos de pesca, prestando testemunho dessa atividade aquática equivocada e inepta; no quintal não se via nem uma galinha e nem uma pomba, nem gato nem cachorro; apenas a fonte se encontrava por ali como algo de certo modo vivo, mas a água não corria mais pelas calhas, e sim vazava por uma rachadura junto ao solo, espalhando-se e formando pequenas poças por toda parte, de tal forma que oferecia a imagem emblemática da indolência. Pois se com pouco esforço do pai as calhas podiam ser reparadas e o buraco vedado, Vrenchen precisava agora exaurir-se para extrair uma água mais limpa de tal abandono, tendo de lavar as roupas nesses empoçamentos rasos em vez de usar o tanque ressecado e deteriorado.

A própria casa oferecia uma visão deplorável; várias janelas estavam quebradas e coladas com papel, mas mesmo assim eram o que havia de mais aprazível na decadência toda;

pois tinham sido lavadas, inclusive os vidros partidos, com todo cuidado e esmero, até mesmo solenemente polidas, e brilhavam tão claras quanto os olhos de Vrenchen, os quais, em tal miséria, tinham de substituir tudo o que lhe faltava no guarda-roupa. E do mesmo modo como os cabelos crespos e os lenços de algodão amarelos e vermelhos, que usava ao pescoço, combinavam com os olhos de Vrenchen, a essas janelas brilhantes correspondia a vegetação verde e selvagem que se enroscava caoticamente pelas paredes da casa, pequenas florestas de favas esvoaçantes e toda uma perfumada selva de goivos amarelos-avermelhados. As favas se sustentavam onde podiam, aqui num cabo de ancinho ou numa vassoura já sem cerdas, cravada na terra ao contrário, ali numa peça corroída pela ferrugem, uma alabarda ou espontão, como se dizia no tempo em que o avô de Vrenchen portava tal peça na condição de mestre de brigada, e que a moça fincara então por necessidade entre as favas. E, mais adiante, estas voltavam a subir alegremente por uma escada corroída pelo tempo, que se apoiava na casa desde tempos imemoriais, e de lá caíam sobre as janelinhas diáfanas, do mesmo modo como os cabelos crespos de Vrenchen caíam à altura de seus olhos. Esse quintal mais pitoresco do que aconchegante ficava um tanto afastado e não tinha nenhuma habitação em sua vizinhança imediata, também não se percebia nenhuma sombra de pessoa em parte alguma. Por isso Sali se apoiou com toda segurança em um velho celeirozinho, a cerca de trinta passos de distância, e ficou olhando ininterruptamente para a casa silenciosa e em ruínas. Por um tempo considerável esteve ali, encostado e olhando, até que Vrenchen saiu à porta e se pôs a mirar longamente diante de si, como se todos os seus pensamentos estivessem presos a um único objeto. Sali não se mexeu e também não tirou os olhos de cima da moça. Quando esta por fim mirou casualmente em sua direção, ele caiu sob sua vista. Olharam-se por um

Romeu e Julieta na aldeia

tempo, para lá e para cá, como se estivessem vendo uma aparição etérea, até que Sali se aprumou e, atravessando lentamente a rua e o quintal, foi ao encontro de Vrenchen. Ao aproximar-se, ela estendeu as mãos em sua direção e disse: Sali! Ele lhe tomou as mãos e ficou olhando continuamente para o seu rosto. Lágrimas jorravam dos olhos da moça, enquanto ela enrubescia intensamente sob os olhares do rapaz. E então ela perguntou:

— O que você quer aqui?

— Apenas ver você! — respondeu. — Vamos voltar a ser amigos?

— E os nossos pais? — perguntou Vrenchen, desviando o rosto em prantos para o lado, pois as mãos não estavam livres para cobri-lo.

— Será que somos culpados por aquilo que fizeram e pelo que são hoje? — perguntou Sali. — Talvez só seja possível reparar a miséria toda se a gente se der as mãos e tiver amor um pelo outro.

— Não vai dar certo nunca — respondeu Vrenchen com um profundo suspiro. — Vá, Sali, tome o seu caminho, em nome de Deus!

— Você está sozinha? — perguntou o rapaz. — Posso entrar por um momento?

— Meu pai foi à cidade a fim de abrir um processo contra o seu pai, conforme ele disse; mas entrar você não pode, porque depois talvez não consiga sair sem ser visto, como agora. Por enquanto tudo está tranquilo e não há ninguém pelo caminho, eu lhe peço, vá agora!

— Não, eu não vou embora assim! Desde ontem a única coisa que consigo fazer é pensar em você, e não vou embora desse modo, precisamos conversar um com o outro, pelo menos por meia hora, ou uma, vai nos fazer bem!

Vrenchen refletiu por um instante e disse:

— Por volta do entardecer eu vou ao nosso terreno para

buscar um pouco de legumes; você sabe de qual terreno se trata, não temos mais nenhum outro. Sei que ninguém estará lá porque as pessoas estão ceifando noutro lugar; se você quiser, vá até lá, mas agora saia daqui e tome cuidado para que ninguém o veja! Ainda que ninguém mais tenha contato conosco, isso levantaria uma tal falação que o meu pai ficaria sabendo sem demora.

Nesse instante eles soltaram as mãos, mas imediatamente as tomaram de novo e ambos perguntaram ao mesmo tempo:

— E você, como vai?

Em vez, porém, de responder, eles perguntaram de novo a mesma coisa, e a resposta se encontrava apenas nos olhos eloquentes, pois não sabiam mais como conduzir as palavras, como acontece a todos os apaixonados, e por fim se separaram sem dizer nenhuma outra palavra, em parte felizes, em parte tristes.

— Daqui a pouco eu me dirijo para lá, mas agora vá você, rápido! — exclamou Vrenchen ainda.

Sali logo se encaminhou então para a bela e tranquila colina pela qual se estendiam os dois campos de cultivo, e o esplendoroso, suave sol de julho, as alvas nuvens que singravam no céu por sobre a plantação balouçante de espigas maduras, o rio que ondeava abaixo, brilhando em tons azuis, tudo isso o encheu novamente, pela primeira vez depois de muitos anos, de felicidade e regozijo, em vez de desgosto; jogou-se assim na penumbra diáfana das espigas e ficou olhando para o céu, num estado de bem-aventurança.

Embora não houvesse passado nem um quarto de hora até a chegada de Vrenchen e Sali não pensasse em outra coisa senão em sua felicidade e no nome pelo qual ela atendia, ele se pôs em pé, alegre e assustado, quando súbito e inesperadamente a viu diante de si, dirigindo-lhe um sorriso de cima para baixo.

— Vreeli![17] — exclamou, e em silêncio a moça lhe estendeu sorridente ambas as mãos. E assim caminharam de mãos dadas ao longo das espigas sussurrantes até as proximidades do rio e de novo para cima, sem muitas palavras. Percorreram duas ou três vezes o caminho de ida e de volta, silenciosos, felizes e serenos, de tal modo que esse casal, mesmo estando sozinho, também se assemelhava agora a uma constelação que passasse sobre a superfície abaulada da elevação e se pusesse atrás desta, como outrora a resoluta trajetória do arado de seus pais. Quando, todavia, levantaram os olhos das florescentes espigas azuis em cuja contemplação estavam imersos, avistaram de repente um outro astro escuro caminhando à frente, um sujeito enegrecido que não sabiam como pudera surgir tão subitamente. Ele devia ter estado repousando no meio da plantação; Vrenchen se sobressaltou e Sali disse assustado:

— O violinista escuro!

De fato, o sujeito que andejava diante deles levava um violino com o arco sob o braço e parecia bastante escuro; ao lado de um chapeuzinho de feltro negro e da bata preta e fuliginosa que trajava, também o cabelo era negro de azeviche, assim como a barba por fazer, sendo que mãos e faces pareciam igualmente enegrecidas; pois ele praticava toda espécie de ofício, no geral o de consertar panelas, mas também ajudava os que fabricavam carvão ou piche nas florestas e saía com o violino sempre que aparecia um negócio vantajoso, quando os camponeses se animavam em algum lugar e desejavam festejar algo.

---

[17] Forma dialetal e carinhosa para Vrenchen. Mais adiante aparecerá "Vrenggel", forma igualmente dialetal, mas, ao contrário de Vrenchen, grosseira e pejorativa.

Sali e Vrenchen foram caminhando em máximo silêncio atrás do violinista e achavam que este logo sairia da plantação e desapareceria sem olhar para os lados; e parecia, de fato, que seria assim, pois ele agia como se não tivesse percebido nada da presença dos dois. Além disso, eles se encontravam sob um estranho encantamento, de tal maneira que não ousavam sair da estreita trilha e seguiram involuntariamente o sinistro sujeito até o fim do campo, onde ficava aquele iníquo amontoado de pedras, cobrindo o pontalzinho de terra ainda litigioso. Incontáveis papoulas ou dormideiras haviam tomado conta do lugar, razão pela qual o pequeno monte parecia flamejar agora em tons avermelhados. De repente o violinista escuro se lançou de um salto sobre esse aglomerado de pedras revestido de vermelho, voltou-se e mirou em torno de si. O casalzinho deteve-se e olhou embaraçado para o sujeito escuro ao alto, pois não podia contorná-lo e seguir adiante, uma vez que o caminho levava à aldeia, e também não queria dar meia-volta sob os olhares do violinista. Este contemplou-os detidamente e exclamou:

— Eu conheço vocês, são os filhos daqueles que me roubaram este terreno aqui! Fico contente em ver como vocês se conduziram bem até aqui e certamente eu os verei percorrer na minha frente o caminho de toda carne! Podem me olhar à vontade, seus dois pombinhos! Vocês gostam do meu nariz, não é?

Ele possuía de fato um nariz amedrontador, que se destacava do rosto escuro e macilento como um angulário ou, melhor dizendo, assemelhava-se a um imponente garrote ou porrete que houvesse sido arremessado nesse rosto e sob o qual o buraquinho redondo de uma boca pasmava, se espantava e se contraía de maneira curiosa, e pelo qual ele soprava, assobiava e silvava incessantemente. Ademais, o pequeno chapeuzinho de feltro tinha um quê de sinistro, com seu formato tão insólito, nem arredondado nem anguloso,

parecendo a todo instante mudar de posição, embora permanecesse inalterável sobre a cabeça do sujeito; de seus olhos quase que não se podia perceber nada além da superfície branca, já que as pupilas se encontravam ininterruptamente num movimento vertiginoso, saltando em zigue-zague como duas lebres.

— Olhem só para mim — prosseguiu ele —; os seus pais me conhecem muito bem e todo mundo nessa aldeia sabe quem sou eu logo que vê o meu nariz. Há anos foi anunciado que um tanto de dinheiro estava disponível para o herdeiro deste campo; eu me apresentei vinte vezes, mas não possuo certidão de batismo nem o registro da comunidade e meus amigos, os apátridas que me viram nascer, também não possuem papéis válidos; e assim o prazo expirou há muito tempo e eu perdi esse dinheirinho com o qual poderia ter emigrado! Implorei aos pais de vocês para testemunhar em meu favor, bastava seguir a própria consciência e declarar que me consideravam o legítimo herdeiro. Mas eles me enxotaram de suas propriedades e agora foram parar, eles mesmos, nas mãos do diabo. Pois é, eis a marcha do mundo; que seja assim, então; e só quero tocar o violino quando vocês se animarem a dançar!

Com isso ele saltou ao chão pelo outro lado das pedras e dirigiu-se à aldeia, onde por volta do anoitecer a colheita seria levada aos celeiros, e por isso todas as pessoas estavam de bom humor. Quando ele desapareceu, o casal se sentou em profundo desalento e consternação sobre as pedras; separaram as mãos até então enlaçadas e apoiaram sobre estas as tristes cabeças. Pois a aparição e as palavras do violinista escuro arrancaram-nos do venturoso esquecimento em que se compraziam como duas crianças; e ao se verem assim no duro chão de sua miséria, ensombreceu-se a serena alegria que os iluminava e suas almas se tornaram pesadas como pedras.

Inesperadamente, então, Vrenchen se lembrou da figura singular e do nariz do violinista; precisou soltar de repente um riso sonoro e exclamou:

— Que aparência mais engraçada tem esse sujeito! Que nariz o dele!

E uma animação encantadora, radiante como o sol, derramou-se sobre o rosto da moça, como se ela apenas tivesse esperado que o nariz do violinista dissipasse as nuvens sombrias. Sali contemplava Vrenchen e via esse contentamento. Mas ela já havia esquecido de novo por que motivo se encontrava nesse estado e apenas ria por rir diante do rosto de Sali. Admirado e atônito, este fitava sorridente os olhos de Vrenchen, como um esfomeado que avista um saboroso pão de trigo, e então exclamou:

— Meu Deus, Vreeli, como você é bonita!

Vrenchen passou a rir ainda mais para ele e de sua garganta melodiosa saíram algumas notas breves e aspiradas de um riso voluntarioso, que ao pobre Sali soava como o canto do rouxinol.

— Oh, sua feiticeira! — exclamou. — Onde você aprendeu isso? Que artes do diabo são estas que você está praticando?

— Ai, ai, Deus do céu! — disse Vrenchen com voz lisonjeira e tomou a mão de Sali. — Não são artes do diabo! Há quanto tempo eu não estava querendo rir um pouco! Vez ou outra, quando me encontrava inteiramente só, eu precisava rir de algo, mas para isso não havia nada de apropriado. Agora, porém, gostaria de rir para você, sempre e eternamente, toda vez que eu o vejo, e gostaria de vê-lo sempre e eternamente. Será que você também gosta um pouquinho de mim?

— Oh, Vreeli — disse Sali e mirou-a devota e fielmente nos olhos —, eu nunca olhei para uma moça, para mim foi sempre como se eu tivesse de amá-la um dia e, sem que eu soubesse ou quisesse, você sempre esteve no meu pensamento!

Romeu e Julieta na aldeia

— E você também no meu — disse Vrenchen —, e há mais coisas ainda; pois você nunca olhou para mim e não sabia qual era minha aparência; mas em várias ocasiões eu o contemplei muito bem, de longe e às escondidas, até mesmo de perto, e sempre soube como você aparentava. Você ainda se lembra quantas vezes nós viemos aqui quando éramos crianças? Você ainda pensa naquele pequeno carro? Como éramos pequeninos naquela época e quantos anos já não se passaram! Será que se deve considerar que já somos bastante velhos?

— Quantos anos você tem agora? — perguntou Sali repleto de prazer e satisfação. — Você já deve ter mais ou menos dezessete anos.

— Tenho dezessete e meio! — replicou Vrenchen. — E quantos anos você tem? Mas eu já sei, logo você vai fazer vinte anos!

— Como você sabe isso? — perguntou Sali.

— Eu tenho de dizer, é isso?

— Você não vai querer dizer?

— Não!

— Tem certeza que não?

— Não e não!

— Você tem de dizer!

— Será que você vai me obrigar?

— É o que veremos!

Sali ia dizendo essas palavras ingênuas para manter suas mãos ocupadas e, desse modo, afligir a bela moça com carícias desajeitadas, que deveriam parecer punição. Defendendo-se, ela também dava prosseguimento com muita condescendência à tola disputa que, apesar de seu vazio, se lhes afigurava bastante espirituosa e doce, até que Sali se mostrou suficientemente zangado e atrevido para subjugar as mãos de Vrenchen e imobilizar a moça entre as papoulas. Lá ficou ela então, pestanejando ao sol; suas faces ardiam como púrpura e sua boca semiaberta deixava entrever duas fileiras de alvos dentes. As sobrancelhas escuras confluíam de maneira bela e delicada e o jovem peito movimentava-se obstinadamente para cima e para baixo sob todas as quatro mãos que se acariciavam e guerreavam em grande desordem. Sali não conseguia se conter de alegria por ver diante de si a formosa e esbelta criatura, saber que era sua essa moça que lhe parecia representar todo um reino.

— Você ainda tem todos aqueles dentes brancos? — perguntou rindo. — Você ainda se recorda de quantas vezes a gente os contou no passado? Você já sabe contar agora?

— Não são os mesmos, seu menino! — disse Vrenchen. — Aqueles caíram já faz muito tempo!

Em sua simplicidade, Sali quis então ressuscitar aquela brincadeira e contar as pérolas brilhantes na boca de Vrenchen; mas esta fechou repentinamente a boca rubra, levantou-se e começou a tecer uma coroa de papoulas, que colocou depois sobre a cabeça. Era uma coroa volumosa e ampla, dando à moça morena um aspecto maravilhosamente encantador, e o pobre Sali cingia em suas mãos algo pelo qual pessoas ricas teriam de pagar muito caro apenas para vê-lo em suas paredes na forma de pintura. Nesse meio-tempo ela se pôs inteiramente de pé e bradou:

— Deus do céu, como está quente aqui! E nós ficamos sentados como dois tolos que se deixam torrar ao sol! Venha, meu caro, vamos para o meio das espigas mais altas!

Esgueiraram-se para lá com tanta rapidez e destreza que praticamente não ficou rastro, e então construíram para si um apertado cárcere entre as espigas douradas, que ultrapassavam em muito suas cabeças quando ali se sentaram, de tal modo que viam sobre si apenas o azul profundo do céu, e mais nada deste mundo. Abraçaram-se e beijaram-se sem demora e por tão longo tempo que entrementes lhes sobreveio a exaustão, se assim se pode dizer quando o beijo de dois

Romeu e Julieta na aldeia

apaixonados sobrevive a si mesmo por um ou dois minutos e os faz pressentir a efemeridade de toda existência em meio à embriaguez de uma estação florescente. Ouviram as cotovias cantando bem acima de suas cabeças e começaram a procurá-las com olhar aguçado.[18] Quando acreditavam ter fugazmente divisado uma delas cintilar ao sol, como uma estrela que de repente resplandece num clarão ou corta o céu azul, então eles se recompensavam com um novo beijo e procuravam ludibriar-se ou levar vantagem um sobre o outro o mais que podiam.

— Veja, lá está uma brilhando! — sussurrava Sali e Vrenchen replicava em voz igualmente baixa:

— Estou ouvindo bem, mas não a vejo!

— Mas claro, preste atenção, lá onde está aquela nuvenzinha branca, um pouco mais à direita!

E ambos olhavam ardentemente na direção indicada e, como filhotes de codornizes no ninho, abriam por alguns instantes os bicos para voltar a juntá-los tão logo supunham ter visto a cotovia. Vrenchen se deteve repentinamente e disse:

— É, portanto, uma coisa certa que cada um de nós tem um tesouro, também a você não parece ser assim?

— Sim, também a mim parece que é isso! — disse Sali.

— E o que você acha do seu pequeno tesouro? — perguntou Vrenchen. — De que coisa se trata, o que você tem a relatar a respeito?

— É uma coisa muito, muito especial — atalhou Sali.

— Tem dois olhos castanhos, uma boca rubra e caminha

---

[18] O pássaro que nessa cena entre Sali e Vrenchen surge em meio à infindável troca de beijos aparece na tragédia *Romeu e Julieta* (ato III, cena V) de Shakespeare com a função de anunciar a manhã e exortar os amantes à separação (Romeu: "É a cotovia, o arauto da manhã; não foi o rouxinol"). Pouco antes, Keller também introduzira na narrativa o motivo do "rouxinol", mas de modo metafórico.

sobre duas pernas; mas eu conheço mais coisas do papa em Roma do que aquilo que se passa na mente desse meu tesouro. E o que você tem a relatar sobre seu tesouro?

— Ele tem dois olhos azuis, uma boca que não presta para nada e dispõe de dois braços ousados e fortes; mas os seus pensamentos me são mais desconhecidos do que o imperador turco!

— De fato, é verdade — observou Sali — que nos conhecemos menos do que se jamais nos tivéssemos visto, tão estranhos nos tornamos nesse longo tempo desde que crescemos! Que coisas se passaram nesta sua cabecinha, minha menina?

— Ah, não foi muita coisa! Mil doidices queriam se manifestar, mas a minha vida sempre foi tão sombria que elas não puderam desabrochar!

— Meu pobre, pequeno tesouro — disse Sali. — Acho, porém, que você já conhece mais coisas do que faz supor, não?

— Mas isso você só vai ficar sabendo aos poucos, se gostar mesmo de mim.

— Quando você for minha mulher?

Vrenchen estremeceu levemente a estas últimas palavras e aconchegou-se com mais força nos braços de Sali, beijando-o de novo longa e carinhosamente. Lágrimas assomaram-lhe aos olhos e ambos entristeceram-se subitamente, pois lhes veio à mente o seu futuro tão pobre de esperanças, e também lhes ocorreu a inimizade dos pais. Vrenchen suspirou e disse:

— Venha, eu preciso ir agora!

E assim se levantaram e estavam saindo de mãos dadas da plantação quando avistaram diante de si o pai de Vrenchen espiando ao redor. Com a perspicácia da miséria ociosa, Marti ficara curioso ao topar com Sali e se meteu a especular sobre o que o rapaz estava indo procurar sozinho na aldeia;

lembrando-se do incidente do dia anterior, ele atinou por fim, sempre no rumo da cidade, com a pista certa e, nem bem a desconfiança havia tomado forma concreta, quando ele, já entre as vielas de Seldvila, deu meia-volta e, por puro rancor e maldade gratuita, marchou de novo para a aldeia, onde procurou em vão por sua filha na casa, no quintal e nos arbustos próximos. Cada vez mais curioso, correu para o campo de cultivo e ao ver no chão a cesta com que Vrenchen costumava buscar legumes e verduras, mas não avistando a moça em parte alguma, passou a espiar então na plantação do vizinho, quando então os jovens saíram aterrorizados do meio das espigas.

Ficaram como que petrificados e Marti, estacado igualmente ali, mediu-os com olhares malignos, pálido como chumbo. Em seguida teve um acesso de fúria, gesticulando e xingando terrivelmente; enraivecido, estendeu as mãos primeiro para o rapaz, a fim de estrangulá-lo. Sali se desviou e recuou alguns passos, horrorizado com a selvageria do homem; mas logo avançou de novo ao ver o velho agarrar em seu lugar a moça que tremia toda, desferir-lhe uma bofetada que fez voar ao chão a coroa vermelha, e enrolar os seus cabelos na mão a fim de arrastá-la consigo e continuar a fustigá-la. Sem refletir, Sali agarrou uma pedra e golpeou com esta a cabeça do velho, movido em parte pela fúria, em parte angustiado por causa do que sucedia a Vrenchen. Primeiro Marti cambaleou um pouco e, em seguida, caiu sem sentidos sobre o monte de pedras, levando consigo a moça que gritava deploravelmente. Sali ainda desenrolou os seus cabelos da mão do homem desacordado e a colocou em pé; ficou então postado ali como uma estátua, desorientado e sem pensar em nada. Ao ver o pai estendido como morto ao chão, a moça levou as mãos ao rosto que empalidecia, estremeceu-se toda e disse:

— Você o matou?

Sali fez que sim com a cabeça e Vrenchen gritou:

— Oh, Deus, meu Deus! É o meu pai! Meu pobre pai!

Jogou-se instintivamente sobre ele e levantou-lhe a cabeça da qual não escorria nem uma gota de sangue. Deixou a cabeça tombar de novo ao chão, enquanto Sali se agachava do outro lado do homem, e ambos ficaram olhando para o rosto inanimado. Com a única finalidade de tomar uma iniciativa, Sali disse:

— Mas ele não deve ter morrido tão depressa assim! Não é certeza que esteja morto.

Vrenchen arrancou uma pétala de papoula, colocou-a sobre os lábios empalidecidos do pai e ela se mexeu levemente.

— Ele ainda está respirando — exclamou —; então vá correndo à aldeia para buscar ajuda!

Quando Sali se pôs em pé e já partia, Vrenchen estendeu-lhe a mão e o chamou de novo:

— Mas não volte para cá e não conte nada do que se passou; eu também vou me calar e ninguém irá arrancar nenhuma palavra de mim!

A moça disse essas palavras e o seu rosto, que ela voltara ao pobre e desorientado rapaz, inundou-se de pungentes lágrimas.

— Mas venha aqui, me dê mais um beijo! Não, vá, vá correndo! Acabou, acabou para sempre entre nós, não podemos ficar juntos!

Ela o despachou então e Sali saiu correndo como um autômato na direção da aldeia. Deparou-se com um menininho que não o conhecia e o incumbiu de buscar as primeiras pessoas que encontrasse, descrevendo-lhe exatamente onde se precisava dessa ajuda. Desesperado, afastou-se então dali e vagou a noite toda em meio aos bosques. Pela manhã esgueirou-se na direção dos campos a fim de verificar sorrateiramente o que se passara; ouviu então de alguns madrugadores conversando entre si que Marti ainda estava vivo, mas

Romeu e Julieta na aldeia

não tinha consciência de nada e que tudo isso era mesmo uma coisa muito esquisita, pois ninguém sabia o que lhe tinha ocorrido. Somente então ele retornou à cidade e escondeu-se na escura miséria de sua casa.

Vrenchen cumpriu sua palavra; não houve ninguém que pudesse arrancar dela outra informação senão que ela própria encontrara o pai nesse estado. E como no dia seguinte ele já respirasse bem e se mexesse sem dificuldades, mas sem ter recuperado a consciência, e como, além disso, não aparecesse ninguém para prestar qualquer queixa, supôs-se que ele se embriagara e caíra sobre as pedras; e desse modo não se tocou mais no assunto. Vrenchen cuidou dele e não saiu de seu lado, exceto para buscar medicamentos com o médico e preparar para si mesma uma sopa rala; pois ela vivia de praticamente nada, embora tivesse de estar em pé dia e noite e não recebesse ajuda de ninguém.

Levou quase seis semanas até que o doente voltasse paulatinamente à consciência, muito embora ele já se alimentasse antes disso e estivesse bastante disposto em sua cama. Não foi, todavia, a antiga consciência que ele recobrou, mas quanto mais falava, mais claro ia ficando que ele se tornara mentalmente insano e de uma maneira por demais estranha. Só muito vagamente ele se lembrava do acontecido, como se fosse algo bastante engraçado e não lhe dissesse mais respeito; ficava rindo sem parar e estava sempre de bom humor. Ainda repousando na cama, ele trazia à tona centenas de expressões e ideias sem pé nem cabeça, absurdamente disparatadas; fazia caretas e puxava a touca pontiaguda para cima dos olhos e do nariz, de tal modo que este parecia um ataúde sob uma mortalha. Pálida e consumida, Vrenchen prestava-lhe ouvidos com toda paciência, vertendo lágrimas por causa daquela criatura tresloucada, que agora assustava a pobre filha muito mais do que a maldade anterior; quando, porém, acontecia de o velho aprontar algo demasiado engraçado, ela se via compelida a rir alto em meio ao tormento, pois o seu ser oprimido estava sempre pronto, como um arco tensionado, a saltar para a alegria, ao que se seguia porém um acabrunhamento tanto mais profundo. Mas quando o velho pôde levantar-se, verificou-se que não havia mais nenhuma possibilidade de recuperação; ele não fazia outra coisa senão tolices, ficava rindo e remexendo por toda a casa, sentava-se ao sol e esticava a língua para fora ou proferia longos discursos diante das favas.

Por essa mesma época, todavia, esgotou-se o pouco que restara de suas posses, tendo a desordem financeira assumido tais proporções que também sua casa e o último terreno, já hipotecado desde algum tempo, tiveram de ser vendidos judicialmente. Pois o camponês que havia comprado os dois terrenos de Manz aproveitou-se da doença e da extrema degradação de Marti para levar a cabo, com rapidez e determinação, a velha disputa em torno do litigioso pontal coberto de pedras, sendo que o processo perdido representou a gota d'água no naufrágio de Marti, ainda que em sua insanidade ele não tomasse mais conhecimento dessas coisas. Deu-se o leilão e Marti foi internado com recursos da comunidade numa instituição para pobres-diabos como ele. Esse estabelecimento localizava-se na capital do distrito; o demente, fisicamente saudável e com grande apetite, ainda foi bem alimentado, depois acomodado num pequeno carro puxado a bois, que um camponês empobrecido conduziria à cidade para ao mesmo tempo vender por lá um ou dois sacos de batatas, e Vrenchen tomou lugar no veículo ao lado do pai, para acompanhá-lo nessa última viagem rumo ao sepultamento em vida. Foi uma viagem triste e amarga, mas Vrenchen cuidou do pai com desvelo e não lhe deixou faltar nada, não olhou para os lados durante o trajeto e também conservou a paciência quando as momices do infeliz chamavam a atenção das pessoas nos lugares por onde passavam e os punham a correr atrás do carrinho. Por fim alcançaram o amplo edifício na cidade, em que os compridos corredores, os pátios e um simpático jardim estavam tomados por uma multidão de semelhantes desafortunados, todos eles trajando uniformes brancos e com resistentes boinas de couro sobre as duras cabeças. Também Marti foi colocado nesses trajes diante dos olhos de Vrenchen e ele alegrou-se como uma criança e passou a dançar cantando para lá e para cá.

— Que Deus os abençoe, distintos senhores! — bradou aos seus novos companheiros. — Que casa bonita vocês têm aqui! Vá embora, Vrenggel, e diga para a mãe que eu não volto mais para casa, eu gosto demais daqui! Por Deus, hurra, hurra! Um ouriço rasteja entre as sebes, eu o ouvi latir! Ó mocinha, não beije nenhum rapaz velho, beije só os jovens moços! Todas as aguinhas correm para o Reno, aquela com o olho de ameixa, tem de ser ela! Você já vai, Vreeli? Meu Deus, você está parecendo a morte dentro da panelinha e para mim tudo está uma maravilha! A fêmea da raposa grita no campo: Oi, oi, ói! E o coração dói, dói, oi! [19]

Um vigia ordenou-lhe que se calasse e o conduziu a um pequeno trabalho, enquanto Vrenchen saiu em busca do veículo. Sentou-se no carro, desembrulhou um pedacinho de pão e o comeu, depois dormiu, até que o camponês retornou e se

---

[19] Esta fala do insano Marti se apoia na expressão suíça "estar pálido como a morte na panelinha" (ou potinho: *bleich sin wie der Tod im Häfeli*), que por sua vez remonta ao episódio bíblico da "panela envenenada" (*2 Reis*, 4: 40): "Porém, logo que provaram da sopa, soltaram um grito: 'Homem de Deus! A morte está na panela!'. E não puderam mais comer". No geral, os disparates que Marti diz nesse seu discurso apresentam um colorido dialetal, como a variante "Vrenggel" ou "mocinha" (*Meitli*, forma diminutiva de *Maid*, moça).

puseram a caminho da aldeia. Foram chegar apenas de madrugada. Vrenchen dirigiu-se à casa em que nascera e onde só poderia permanecer por mais dois dias, vendo-se pela primeira vez em sua vida inteiramente só. Acendeu o fogo para preparar o último restinho de café que ainda possuía e sentou-se junto ao fogão, pois se sentia num estado deplorável. Consumindo-se, anelava por ver Sali só mais uma vez e pensava nele com todo fervor; mas as preocupações e a dor amarguravam o seu anelo e este, por sua vez, tornava as preocupações muito mais pesadas. Assim estava ela sentada, com a cabeça apoiada nas mãos, quando alguém entrou pela porta aberta.

— Sali! — exclamou Vrenchen ao levantar os olhos, e se lançou ao seu pescoço.

Mas em seguida se olharam mutuamente e exclamaram, chocados:

— Mas que aparência mais abatida!

Pois Sali não estava menos pálido e consumido do que Vrenchen. Esquecendo-se de tudo, ela o puxou para si, junto ao fogão, e disse:

— Você esteve doente ou será que passou também por maus bocados?

— Não, no momento não estou doente, a não ser de saudades de você! Em casa as coisas correm agora de maneira magnífica; meu pai dá acolhida e refúgio a uma gentalha de fora e creio, pelo que posso perceber, que ele se tornou um receptador de mercadorias roubadas. Desse modo há por enquanto abundância de tudo na nossa taverna e assim continuará até que venha o final catastrófico. A mãe vai ajudando no negócio, por amarga cobiça, apenas para ver algo em casa, e ela acredita que pode tornar a trapaça aceitável e proveitosa com um pouco de ordem e zelo. A mim ninguém pergunta nada, e eu também não poderia ocupar-me muito com isso, pois só consigo pensar em você, dia e noite. Já que

Romeu e Julieta na aldeia

toda espécie de vagabundo frequenta nossa casa, ouvíamos todos os dias qual era a situação de vocês e meu pai se alegrava como uma criança. Também ficamos sabendo que seu pai foi levado hoje ao sanatório; por isso pensei que agora você estaria sozinha e vim aqui para vê-la!

Vrenchen se queixou então para ele de tudo que sofria e que a oprimia, mas com uma fala tão solta e confiante como se estivesse descrevendo uma grande ventura, e isso porque estava feliz por ter Sali ao seu lado. Nesse meio-tempo ela conseguiu preparar um café quentinho, suficiente apenas para uma caneca, que obrigou o amado a compartilhar com ela.

— Depois de amanhã, portanto, você tem de ir embora daqui? — perguntou Sali. — O que vai acontecer então, Deus do céu?

— Não sei — disse Vrenchen. — Vou ter de arranjar trabalho por esse mundo afora! Mas sem você será insuportável para mim e, no entanto, jamais poderei tê-lo ao meu lado, mesmo que não existissem todos os outros obstáculos, unicamente porque você golpeou meu pai e o fez perder a razão! Isso seria sempre e sempre uma base ruim para o nosso casamento e nunca, nunca poderíamos levar uma vida despreocupada.

Sali suspirou e disse:

— Eu também quis fazer-me soldado já bem umas cem vezes, ou então oferecer-me como empregado em algum lugar distante, mas enquanto você estiver aqui eu não posso ir embora, e depois de sua partida estarei acabado. Creio que a miséria torna o meu amor por você ainda mais forte e doloroso, de tal modo que se trata agora de uma questão de vida ou morte! Eu nunca tive antes a menor ideia dessas coisas!

Vrenchen contemplou-o com um sorriso amoroso nos lábios; encostaram-se então na parede e não falaram mais nada, entregando-se silenciosamente a uma sensação ventu-

rosa que, elevando-se sobre qualquer possibilidade de rancor, dizia-lhes que eram amados e que se queriam bem no sentido mais sério que se possa imaginar. Envoltos por esse sentimento, adormeceram serenamente sobre o fogão pouco confortável, sem travesseiros ou almofadas, e dormiram de maneira tão tranquila e suave como duas crianças num berço. A manhã já ia raiando quando Sali acordou; buscava despertar Vrenchen o mais mansinho que podia, mas a moça se aconchegava sempre de novo a ele, vencida pelo sono, e não se deixava animar. Ele então a beijou ardorosamente na boca e Vrenchen sobressaltou-se, arregalou os olhos ao avistar Sali e exclamou:

— Meu Deus! Eu estava justamente sonhando com você! Sonhei que dançávamos juntos no nosso casamento, por longas, longas horas! E estávamos tão felizes, vestidos com apuro, e não nos faltava nada. Queríamos nos beijar por fim, ansiávamos por isso, mas havia algo que sempre nos afastava, e eis que agora foi você mesmo que nos estorvou e impediu! Mas que bom você estar aqui!

Ela enroscou-se avidamente em seu pescoço, começou a beijá-lo e parecia que os beijos jamais teriam fim.

— E o que foi que você sonhou? — perguntou Vrenchen, acariciando-lhe as faces e o queixo.

— Sonhei que caminhava interminavelmente por uma longa estrada, em meio a uma floresta, e você sempre na minha frente, a uma boa distância; às vezes você se voltava para mim, acenava e ria na minha direção, e então era como se eu estivesse no céu. Foi tudo o que sonhei!

Foram até a porta da cozinha, que ficara aberta e dava diretamente para o quintal, e tiveram de rir quando se olharam no rosto. Pois a face direita de Vrenchen e a esquerda de Sali, que durante o sono estiveram encostadas uma na outra, exibiam agora, por causa da pressão, um vermelho carregado, enquanto a palidez das outras faces se acentuava ainda mais com a aragem fria da madrugada. Esfregaram carinhosamente o lado frio e pálido de seus rostos para dar-lhes também a coloração vermelha. O frescor da manhã, a paz calma e orvalhada que se estendia por toda a região, o recente alvorecer, tudo isso os deixava felizes e esquecidos de si mesmos, e sobretudo Vrenchen parecia dominada por um espírito ameno de despreocupação.

— Amanhã à noite, portanto, eu preciso sair desta casa — disse ela — e procurar um outro teto. Antes disso, porém, gostaria de me divertir bastante com você, *uma* única vez, apenas *uma* vez; gostaria de dançar com você em algum lugar, apaixonada e intensamente, pois a dança com que sonhei se apossou de todo o meu ser!

— De todo modo quero ficar ao seu lado e ver onde você vai se abrigar — falou Sali —; e também adoraria dançar com você, menina adorável!, mas onde?

— Amanhã haverá quermesse em dois lugarejos não muito distantes daqui — replicou Vrenchen. — Nesses lugares as pessoas nos conhecem pouco e mal irão reparar em nós. Vou esperar por você lá fora, junto à água, e então poderemos ir aonde quisermos, para nos divertirmos ao menos uma vez, *uma* única vez! Mas, ai de nós, não temos dinheiro algum — acrescentou ela tristemente. — Isso tudo não vai dar em nada!

— Deixe por minha conta — disse Sali —, vou trazer um pouco comigo!

— Mas não do seu pai, do dinheiro... roubado?

— Não, fique tranquila! Tenho ainda comigo o meu relógio de prata e agora quero vendê-lo!

— Não pretendo desaconselhá-lo nesse negócio — disse Vrenchen enrubescendo —, pois creio que eu teria de morrer se não dançasse com você amanhã.

— O melhor de tudo seria se ambos pudéssemos morrer! — atalhou Sali.

Romeu e Julieta na aldeia

Despediram-se com um melancólico, doloroso abraço e, afastando-se, ainda riram ternamente um para o outro, na segura expectativa do dia seguinte.

— Mas a que horas você quer vir? — perguntou Vrenchen ainda.

— No mais tardar às onze — falou o moço. — Vamos ter juntos um almoço decente!

— Ótimo, ótimo! Então é melhor você vir já às dez e meia!

Mas quando Sali já estava indo embora, Vrenchen chamou-o novamente de volta, mostrando um rosto repentinamente transfigurado pelo desespero.

— Mas não vai dar mesmo em nada — disse ela, chorando amargamente. — Eu não tenho mais sapatos para sair! Já ontem tive de calçar este par grosseiro para ir à cidade! E não sei como conseguir outros sapatos!

Sali estacou, desorientado e aturdido.

— Não tem sapatos! — exclamou. — Então o jeito é você ir com estes mesmos!

— Não, não, com estes eu não consigo dançar!

— Bem, nesse caso precisamos comprar outros.

— Mas onde?, com o quê?

— Ora!, em Seldvila não faltam lojas de sapatos! E dinheiro eu terei em menos de duas horas.

— Mas eu não posso perambular com você por Seldvila, e depois o dinheiro não vai dar para comprar sapatos também!

— Tem de dar! E quero comprar os sapatos e trazê-los amanhã!

— Oh, seu bobinho, os que você comprar não vão servir!

— Então me dê um sapato velho; ou melhor, vou tirar suas medidas, para isso não se necessita de nenhuma mágica!

— Tirar as medidas? De fato, eu não havia pensado nisso! Venha, venha, vou procurar um cordãozinho para você.

Ela sentou-se novamente sobre o fogão, puxou a saia um pouco para cima e tirou o sapato do pé, que ainda estava com uma meia branca por causa da viagem do dia anterior. Sali ajoelhou-se e tirou as medidas o melhor que pôde, envolvendo o delicado pé, conforme o comprimento e a largura, com o cordãozinho e dando-lhe cuidadosamente alguns nós.

— Você, seu sapateiro! — pronunciou Vrenchen e, enrubescendo, riu amavelmente para o moço ajoelhado.

Sali também ficou vermelho e segurou firmemente o pé em suas mãos, por bem mais tempo do que teria sido necessário, de tal modo que Vrenchen, com rubor ainda mais intenso, puxou-o de suas mãos. Mais uma vez, porém, ela abraçou e beijou ardorosamente o desconcertado Sali, despachando-o em seguida.

Tão logo chegou à cidade, ele levou o seu relógio a um relojoeiro que lhe deu uns seis ou sete florins como pagamento; também pela corrente de prata ele recebeu alguns florins e, com isso, julgou-se bastante rico, pois desde que crescera jamais possuíra tanto dinheiro de uma só vez. Se ao menos o dia já tivesse transcorrido, pensou, e o domingo chegado para que ele pudesse, com a quantia arrecadada, adquirir a felicidade que esperava desse dia! Pois ainda que o depois de amanhã despontasse tão mais sombrio e desconhecido, o ansiado deleite associado ao amanhã ganhava um brilho e esplendor tão mais insólitos e intensos. Entretanto, ele passou de modo satisfatório o tempo ainda restante, na medida em que ficou procurando um par de sapatos para Vrenchen, e esse foi o negócio mais agradável que ele jamais realizou. Andou de um sapateiro a outro, fez com que lhe fossem mostrados todos os sapatos femininos disponíveis e por fim negociou um par leve e fino, tão formoso como Vrenchen jamais havia calçado.

Escondeu os sapatos sob o colete e por todo o resto do dia não mais se separou deles, levando-os até mesmo para a cama e colocando-os debaixo do travesseiro. Uma vez que vira a moça pela manhã e a veria novamente no dia seguinte, teve um sono profundo e tranquilo, mas despertou bem cedinho e começou a preparar e a limpar da melhor maneira possível seus escassos trajes domingueiros. Isso chamou a atenção de sua mãe, que perguntou surpresa o que ele pretendia fazer, já que desde muito tempo ele não se vestia com tanto apuro. Queria andar um pouco pelos campos e dar uma olhada nas coisas, do contrário ainda haveria de ficar doente nessa casa, redarguiu Sali.

— Faz algum tempo que isso tem me parecido uma vida esquisita — resmungou o pai. — E que vadiação!

— Deixe o menino em paz! — contestou, porém, a mãe. — Talvez lhe faça bem, e o seu aspecto é de dar pena!

— Você tem dinheiro para o passeio? De onde tirou? — perguntou o velho.

— Não preciso de nenhum dinheiro!

— Tome aqui um florim! — falou o velho, estendendo-o ao filho. — Assim você pode ir ao restaurante quando estiver na aldeia e o gastar lá, para que eles não pensem que estamos tão mal assim das pernas.

— Eu não quero ir para a aldeia e não preciso do florim, pode guardá-lo de volta!

— Você o teve nas mãos, será uma pena se vier a precisar dele, seu cabeça-dura! — exclamou Manz e meteu novamente o florim na carteira.

Sua mulher, todavia, que nesse dia não sabia por que motivo estava se sentindo tão melancólica e comovida por causa de seu filho, trouxe-lhe um grande lenço de Milão, negro e com franjas vermelhas, que ela mesma ostentara apenas poucas vezes e que Sali já antes quisera para si. O rapaz enrolou-o no pescoço e deixou as longas pontas esvoaçarem;

também levantou o colarinho, que ele até então sempre usara dobrado, até acima das orelhas, de maneira distinta e viril, tomado por um impulso de orgulho próprio da gente do campo. Pôs-se então a caminho logo depois das sete horas, com os sapatos no bolso da frente do casaco. Ao deixar a sala, um sentimento singular compeliu-o a estender a mão para seu pai e sua mãe, e já na rua voltou-se novamente na direção da casa.

— Creio, no final das contas — disse Manz —, que o rapaz tem andado por aí atrás de um rabo de saia; era tudo o que nos faltava!

A mulher retrucou:

— Deus queira que ele encontre alguma felicidade, faria bem ao pobre menino!

— Correto! — disse o esposo. — Isso não vai ficar faltando! Haverá de ser uma dádiva dos céus se ele tiver a infelicidade de cair nas mãos de uma tagarela daquelas! Vai fazer bem ao pobre garotinho, claro que vai!

Sali direcionou seus passos primeiro para o rio, onde queria aguardar Vrenchen; mas já a caminho mudou de ideia e foi direto à aldeia, a fim de buscar Vrenchen em sua própria casa, pois esperar até as dez e meia lhe seria demasiado longo. "Que nos importam as pessoas?", pensou. "Ninguém nos ajuda e eu sou honesto e não temo a ninguém!" Assim ele adentrou inesperadamente o aposento de Vrenchen e, de maneira igualmente inesperada, encontrou-a sentada, aguardando o momento de sair; já estava toda vestida e arrumada, faltando apenas os sapatos. Mas Sali estacou boquiaberto no meio do quarto ao avistar a moça, tão bela ela se mostrava. Trajava apenas um simples vestido de linho tingido de azul, mas limpo e exalando frescor, caindo muito bem em seu corpo esbelto. Trazia sobre o vestido um lenço de musselina extremamente alvo, e essa era toda sua indumentária. O cabelo castanho encaracolado estava penteado com apuro e os cachinhos, que costumavam ficar desordenados, guarneciam a cabeça de maneira encantadoramente graciosa. Uma vez que Vrenchen ficara sem praticamente sair de casa durante várias semanas, a sua tez se tornara ainda mais delicada e transparente, o que se dava também por causa do sofrimento. Nessa transparência, contudo, o amor e a alegria derramavam agora um rubor atrás do outro, e no peito ela trazia um belo buquê de flores, com alecrins, rosas e magníficas sécias.[20] Ela estava sentada junto à janela aberta, numa postura calma e majestosa, e respirava o fresco ar matinal banhado pelo sol. Percebendo, todavia, a chegada de Sali, ela estendeu-lhe os belos braços, desnudos do cotovelo para baixo, e exclamou:

— Como você fez bem em já ter vindo para cá! Mas você me trouxe os sapatos? Trouxe mesmo? Então não me levanto até que os tenha calçado!

Ele tirou do bolso os calçados tão desejados e os deu à bela moça sequiosa. Vrenchen arremessou para longe os sapatos velhos, calçou os novos e estes serviram muito bem. Somente então se levantou da cadeira, equilibrou-se nos novos sapatos e com grande vigor caminhou algumas vezes de um lado para o outro. Suspendeu um pouco a longa saia azul

---

[20] Assim como a papoula, presente na brincadeira inicial entre Sali e Vrenchen com a boneca, possui uma simbologia associada ao sono e à morte, o narrador faz despontar aqui uma flor que simboliza igualmente a morte (ao lado de pureza e inocência). Sécia, em alemão é *Aster*, nome que se deve à sua forma estrelar (o termo deriva da palavra grega para "astro": *aster* ou ástron; *astrum*, em latim). Quanto ao alecrim (*Rosmarin*, no original), dicionários de simbologia indicam igualmente, no verbete correspondente, a sugestão de morte, sobretudo em virtude da tonalidade escura de seus ramos. (Essa simbologia aparece pela primeira vez na comédia, escrita por volta de 392 a.C., *A assembleia das mulheres*, de Aristófanes.)

e contemplou prazerosamente as tiras de lã vermelha que adornavam os calçados, enquanto Sali não tirava os olhos da formosa, encantadora figura que com muita graça se movimentava diante dele em alegre excitação.

— Você está admirando o meu buquê? — perguntou Vrenchen. — Não é mesmo lindo este buquê que consegui juntar? Você tem de saber que são as últimas flores que ainda pude encontrar nessa desolação. Aqui havia ainda uma rosinha, ali uma sécia, e agora que as flores estão enlaçadas ninguém irá notar que elas provêm de uma ruína! Mas agora é tempo de partir, não há mais nenhuma florzinha no jardim e também a casa está vazia!

Sali olhou ao redor de si e somente então percebeu que todos os móveis e utensílios haviam sido levados embora.

— Pobre Vreeli! — disse o moço. — Já tomaram tudo de você?

— Ontem vieram buscar — respondeu ela — tudo o que podia ser carregado, e mal me deixaram a cama. Mas eu logo a vendi e agora também tenho dinheiro, veja!

Tirou do bolso do vestido alguns táleres novos e reluzentes e mostrou-os a Sali.

— Com essa quantia — continuou — o responsável pelos órfãos, que também esteve aqui, disse que eu deveria procurar emprego em alguma cidade e que deveria pôr-me a caminho hoje mesmo!

— Mas não restou nada de nada — disse Sali após ter dado uma espiada na cozinha. — Não estou vendo mais lenha alguma, nenhuma panelinha, nenhuma faca! Você não comeu nada hoje de manhã?

— Nada! — respondeu Vrenchen. — Eu poderia ter buscado alguma coisa, mas pensei que seria melhor ficar com fome para poder comer bastante em sua companhia, pois você não pode imaginar com que alegria, com que imensa alegria estou esperando por isso!

Romeu e Julieta na aldeia

— Se eu pudesse colocar minhas mãos em você — disse Sali —, então eu iria lhe mostrar o que estou sentindo, sua coisinha linda, linda!

— Você tem razão, iria apenas estragar toda a minha arrumação, e se pouparmos um pouco as flores, elas farão bem à minha pobre cabecinha, que você costuma tratar com tanta selvageria!

— Está bem, então venha; vamos nos pôr em marcha!

— Precisamos esperar até que venham buscar a cama, pois em seguida fecho a casa vazia e não volto mais para cá! Vou deixar minha trouxinha aos cuidados da mulher que comprou a cama, para que ela tome conta para mim.

Sentaram-se assim frente a frente e ficaram esperando; logo chegou a camponesa, uma robusta mulher com voz forte e sem papas na língua, trazendo consigo um rapaz que deveria transportar a armação da cama. Quando essa mulher avistou o namorado de Vrenchen e a própria moça tão bem arrumada, escancarou a boca e os olhos, esticou os braços para baixo e gritou:

— Ei, veja só, Vreeli! Você não vai nada mal! Está com visita e aparatada como uma princesa.

— Mas, vamos ver! — disse Vrenchen rindo amavelmente. — A senhora sabe quem é este aqui?

— Ei!, penso que é o Sali Manz, não é? Montanha e vale, como se diz, não se encontram; as pessoas, porém, sim! Mas tome cuidado, menina, e pense no que aconteceu aos pais de vocês!

— Ah!, isso agora mudou e tudo ficou melhor — replicou Vrenchen sorrindo e se abrindo com a mulher de maneira amistosa, quase condescendente. — Veja, Sali é o meu noivo!

— Seu noivo! O que você está dizendo?

— Sim, e agora ele é um homem rico, pois ganhou cem mil florins na loteria! Imagine só, minha senhora!

Esta deu um salto, bateu as mãos e gritou assustada:

— Cem... cem mil florins?

— Cem mil florins! — confirmou Vrenchen seriamente.

— Meu Deus do céu! Não pode ser verdade, você está mentindo para mim, menina!

— Bem, acredite no que quiser!

— Mas se for verdade e você se casar mesmo com ele, o que vão fazer com o dinheiro? Você quer mesmo se tornar uma mulher fina?

— Claro que sim, em três semanas vamos celebrar o nosso casamento!

— Ai, sua mentirosa, saia de perto de mim, que é feio mentir!

— Ele já comprou a casa mais bonita em Seldvila, com vinhedo e um imenso jardim; logo que nos estabelecermos, a senhora tem de nos visitar! Eu conto com isso.

— Sem falta, sua bruxinha do diabo, que é isso que você é!

— A senhora vai ver como é bonito por lá! Faço então um café maravilhoso e a senhora será servida com os pães doces mais finos e com manteiga e mel!

— Ah, sua menina levada, pode contar com minha presença! — bradou a mulher com uma expressão de avidez e ficou com a boca cheia de água.

— Mas se a senhora vier na hora do almoço e estiver exausta por causa da feira, então um revigorante caldo de carne e um copo de vinho estarão sempre à sua espera!

— E como vai me fazer bem!

— Também jamais faltarão alguns confeitos e tranças de pão doce para as queridas crianças em casa!

— Ai, já estou morrendo de vontade!

— E quando passarmos em revista meus baús e minhas caixas numa hora mais reservada, certamente haveremos de encontrar um bonito lencinho de pescoço ou um restinho de

Romeu e Julieta na aldeia

seda ou uma bela fita mais antiga para as suas saias, ou um corte de tecido para um novo avental!

A mulher rodopiou algumas vezes nos calcanhares e agitou jubilosa a saia.

— E quando o seu marido puder fazer um negócio vantajoso com terras ou gado e necessitar de dinheiro, então a senhora e ele já sabem em que porta bater. O meu querido Sali ficará sempre feliz em poder investir um pouco de dinheiro vivo de maneira segura e prazerosa! Eu mesma também terei algumas economias para auxiliar uma amiga confiável!

E a mulher, que agora já não podia mais ser controlada, exclamou comovida:

— Eu sempre disse que você é uma menina bem educada, boa e bonita! Que o Senhor lhe dê tudo de bom, sempre e eternamente, e que a abençoe pelo que está fazendo por mim!

— Mas em contrapartida eu também exijo que a senhora sempre me tenha em seus pensamentos.

— Você poderá exigir isso sempre e sempre!

— E que toda vez antes de ir à feira a senhora traga e ofereça sua mercadoria em primeiro lugar para mim, sejam frutas, batatas ou legumes, para que eu esteja segura de ter ao meu lado uma camponesa honesta, na qual possa confiar. A quantia que qualquer outra pessoa lhe der pela mercadoria, eu certamente também darei, com imensa alegria, pois a senhora me conhece! Ah, não há nada mais belo do que quando uma citadina abastada, desorientada e reclusa entre suas quatro paredes e, no entanto, carente de tantas coisas, e uma mulher do campo correta e honrada, experiente em tudo o que há de importante e útil, selam amizade consistente e duradoura! Isso traz benefício em centenas de casos, na alegria e na tristeza, em batizados e casamentos, quando as crianças entram na escola ou recebem na igreja a confirmação, começam um estágio de aprendiz ou partem para o estrangeiro! Também por ocasião de más colheitas e inundações, incêndios e chuvas de granizo, coisas estas de que Deus nos haverá de proteger!

— De que Deus nos protegerá! — disse a boa mulher soluçando, e enxugou os olhos com o avental. — Que noivinha mais sensata e meticulosa você é; sim, você se sairá bem na vida, a menos que não haja justiça neste mundo! Você é bonita, ordeira, inteligente e sábia, em todas as coisas aplicada e habilidosa! Nenhuma outra é mais fina ou melhor do que você, na aldeia ou fora dela, e quem a conquistar pode acreditar que estará no céu, ou então se trata de um patife e terá de se haver comigo. Ouça isso, Sali, para que você se porte sempre bem com minha Vreeli, do contrário vou dar uma lição em você, que é um felizardo por colher uma rosinha dessas!

— Então leve agora com a senhora esta trouxa aqui, como me prometeu, até que eu mande alguém buscá-la. Mas talvez eu mesma venha em um coche para apanhá-la de volta, se a senhora não tiver nada contra. Certamente não me recusará então uma canequinha de leite, e eu própria vou trazer algo como uma bela torta de amêndoas!

— Menina do céu, passe-me cá a trouxa!

Vrenchen colocou sobre a cama já toda amarrada, que a mulher sustentava sobre a cabeça, um comprido saco no qual metera seus pertences e bugigangas, de tal modo que a pobre criatura ficou ali com uma torre tremelicante sobre si.

— É muito pesado para mim de uma só vez — disse ela —; eu não poderia levar em duas viagens?

— Não, não, precisamos partir imediatamente, pois temos um longo caminho pela frente, para visitar parentes distintos, os quais se apresentaram depois que nos tornamos ricos. A senhora certamente sabe como são essas coisas!

Romeu e Julieta na aldeia

— Sei muito bem, e que Deus a proteja e que você, em meio à sua riqueza, não deixe nunca de pensar em mim!

A camponesa se pôs a caminho com sua torre encimada pela trouxa, somente a muito custo mantendo o equilíbrio; atrás dela foi caminhando o seu pequeno criado, que se enfiou na outrora colorida armação da cama de Vrenchen, pressionou a cabeça contra o dossel coalhado de estrelas empalidecidas[21] e, como um segundo Sansão, agarrou-se às duas colunas dianteiras finamente entalhadas, as quais sustentavam esse dossel. Quando Vrenchen, que apoiada a Sali seguia com os olhos esse cortejo, viu o templo ambulante entre os jardins, disse:

— Isso daria uma bela pérgula ou um caramanchão, se fosse fincado num jardim, junto com uma mesinha e um banquinho, e se plantas trepadeiras fossem semeadas ao redor! Você gostaria de ficar comigo nesse jardim, Sali?

— Sim, Vreeli!, principalmente quando as trepadeiras tiverem se desenvolvido!

— Mas por que ainda estamos aqui? — perguntou Vrenchen. — Não há nada mais que nos prenda a este lugar!

— Então venha e feche a casa! Com quem você vai deixar a chave?

Vrenchen olhou em torno de si.

— Vamos pendurá-la aqui na alabarda. Ela está nesta casa há mais de cem anos, como sempre ouvi meu pai dizer; ei-la agora como última guardiã da casa!

---

[21] A palavra alemã para "dossel" é *Himmel* (céu), o que torna mais consistente esse trocadilho levemente humorístico. Embora não explicitado pelo narrador, pressupõe-se que a camponesa esteja carregando o colchão e mais alguma parte da cama (possivelmente o estrado), enquanto o seu pequeno ajudante, comparado com o Sansão bíblico (*Juízes*, 16: 29), tem sobre os ombros a armação e o dossel.

Penduraram então a chave enferrujada num gancho igualmente enferrujado da velha arma, na qual se enredavam as favas, e partiram dali. Vrenchen, porém, empalideceu e ocultou os olhos por um breve momento, de tal modo que Sali teve de guiá-la até que estivessem a uma certa distância da casa. Todavia, ela não olhou para trás.

— Para onde iremos primeiro? — perguntou.

— Vamos andar comportadamente pelos campos — replicou Sali —; andar o dia inteiro de acordo com nossa vontade e sem precipitação alguma; por volta do anoitecer haveremos de encontrar um local de dança!

— Ótimo! — disse Vrenchen. — Vamos ficar juntos o dia inteirinho e andar por onde quisermos. Mas agora estou me sentindo péssima, vamos logo tomar café numa outra aldeia!

— Sim, é claro! — atalhou Sali. — O que importa agora é sair desta aldeia já!

Logo se encontraram num campo aberto e, lado a lado, iam caminhando tranquilamente pelas trilhas. Era uma bela manhã de domingo em setembro, não se via nenhuma nuvem no céu, colinas e bosques estavam envoltos numa delicada fragrância que tornava a região ainda mais solene e misteriosa, e de todas as direções soavam os sinos das igrejas, aqui o dobre harmônico e profundo de um lugarejo rico, mais adiante o repique tagarela de dois sininhos numa pequena e pobre aldeia. O par enamorado, esquecendo-se do que deveria sobrevir no final desse dia, entregou-se tão somente à silenciosa e reconfortante alegria de passear livremente, em seus melhores trajes, pelo domingo afora, como duas pessoas felizes que se pertencem por direito. Todo som que se perdia no silêncio dominical ou todo chamado distante vibrava-lhes fortemente na alma; pois o amor é um sino que repercute mesmo o som mais distante e indiferente, transformando-o numa música especial.

Embora estivessem famintos, a caminhada de meia hora até a aldeia mais próxima pareceu-lhes um simples pulinho, e hesitantes adentraram o restaurante que se situava entre as primeiras casas do lugarejo. Sali pediu um bom café da manhã, e, enquanto o mesmo era preparado, ficaram observando caladinhos a simpática, apressada movimentação no salão amplo e asseado. O dono era também padeiro; a fornada que acabara de sair recendia deliciosamente pela casa inteira e pães de todos os tipos eram trazidos em cestos cheios até a boca, uma vez que depois de deixar a igreja as pessoas vinham buscar aqui o seu pãozinho branco ou tomar o seu aperitivo. A dona, mulher tranquila e ressumando limpeza, arrumava os seus filhos de maneira descontraída e amorosa, e tão logo um deles era liberado, corria cheio de confiança até Vrenchen, mostrava-lhe o que de mais valioso possuía e lhe falava de tudo aquilo que para ele era motivo de alegria e orgulho.

Logo que chegou o café forte e cheiroso, os dois jovenzinhos sentaram-se timidamente à mesa, como se atendessem a um convite do anfitrião. Todavia, não demorou muito e eles começaram a animar-se um ao outro e a sussurrar modestamente entre si, mas demonstrando grande felicidade. Ah!, com que prazer a florescente Vrenchen saboreava o bom café, a nata cremosa, os pãezinhos frescos e ainda quentes, a bela manteiga, o mel, os doces de ovos e as demais delícias servidas sobre a mesa! Tudo lhe apetecia assim porque ela tinha Sali diante dos olhos e comia tão prazerosamente como se tivesse jejuado por um ano. Alegravam-na igualmente a louça fina, as colherinhas de prata; pois a dona da casa parecia tomá-los por jovenzinhos bem situados, a quem se deve tratar com esmero, e de quando em quando se sentava à mesa para conversar um pouco com Vrenchen e Sali, que lhe davam respostas sensatas, o que muito agradava à mulher. Em seu íntimo, Vrenchen sentia-se tão disposta que não sabia se desejava sair novamente ao ar livre para passear com seu

amado por prados e bosques ou, antes, permanecer nesse salão aconchegante, a fim de continuar sonhando por mais algumas horas num lugar tão magnífico. Sali, contudo, facilitou-lhe a escolha ao instá-la solenemente a que se apressasse para a partida, como se tivessem pela frente algum assunto muito importante. O dono e a dona acompanharam os moços até a porta do estabelecimento e os deixaram com máxima afabilidade em virtude do seu bom comportamento, ainda que certa escassez transparecesse aqui e ali; e o pobre, jovem casal despediu-se com os modos mais cordatos do mundo e dali saiu caminhando digna e educadamente.

Mas mesmo quando, encontrando-se de novo em campo aberto, embrenharam-se por um imenso bosque de carvalhos, continuaram ainda lado a lado sem alterar aquela postura, mergulhados em sonhos aprazíveis, como se não viessem de lares destruídos pela discórdia e miséria, mas estivessem passeando ali envoltos em suaves esperanças, como filhos de famílias bem constituídas. Pensativa, Vrenchen deixou a cabecinha cair sobre o peito adornado de flores e assim continuou caminhando pelo terreno úmido e escorregadio do bosque, as mãos pousadas com todo cuidado nas vestes. Sali, ao contrário, aprumara sua figura esbelta e ia marchando com rapidez, os olhos fixados meditativamente nos robustos troncos dos carvalhos, como um camponês refletindo sobre as árvores que poderiam ser derrubadas com maior proveito. Despertaram por fim desses sonhos vãos, olharam-se e descobriram que conservavam ainda a mesma postura com que haviam deixado o restaurante; então enrubesceram e abaixaram a cabeça com tristeza. Mas juventude é juventude e não tem virtude; o bosque reverdejava, o céu se mostrava azul e desse modo ambos logo se entregaram à sensação de estarem sozinhos no vasto mundo.

Porém, não ficaram a sós por muito tempo, porque a bela estrada campestre se encheu de grupos de jovens, assim como de casais a passeio, todo mundo querendo passar o tempo com brincadeiras e cantorias após ter deixado a igreja. Pois as pessoas que vivem no campo têm, tanto quanto os citadinos, seus caminhos e bosques de lazer prediletos, apenas com a diferença de que estes não demandam custos e são mais bonitos. Possuindo uma relação especial com o domingo, essas pessoas do campo não apenas passeiam pelas plantações que florescem e amadurecem, como também escolhem percursos que atravessam matas e encostas verdejantes, detêm-se aqui numa aprazível colina que oferece vista panorâmica e, ali, na franja de uma floresta, entoam suas canções e se abrem prazerosamente aos influxos da bela natureza selvagem. E como, pelo visto, não fazem isso para se penitenciarem, mas para o seu recreio, é de supor que elas também possuam um gosto pela natureza, independentemente de sua utilidade. Tais pessoas sempre arrancam das árvores um ramo ou um galho verde, tanto os rapazes viçosos quanto as avozinhas que procuram os velhos caminhos de sua juventude; e mesmo empertigados camponeses que se encontram no auge de suas atividades, tão logo saiam pelos campos e enveredem por um bosque, gostam de cortar uma vara esguia e tirar-lhe as folhas, deixando apenas um tufo verde na ponta. Levam então consigo tal verdasca como se fosse um cetro; e quando adentram uma repartição pública ou uma chancelaria, encostam a vara respeitosamente num canto e, mesmo após terem tratado dos assuntos mais sérios, não se esquecem de pegá-la de volta com toda calma e levá-la incólume para casa, onde apenas o filho caçula está autorizado a dar cabo dela.

Ao avistar toda essa gente passeando, Sali e Vrenchen riram-se por dentro e se alegraram por também constituírem um casal; contudo, esgueiraram-se na direção de estreitas trilhas laterais, onde podiam perder-se em profunda solidão. Detinham-se nos lugares que lhes proporcionavam prazer, avançavam e descansavam novamente; como não havia nuvem alguma no céu, também nenhuma preocupação lhes turvava o ânimo nessas horas. Estavam esquecidos de onde vinham e para onde iam, portando-se de maneira tão fina e decorosa que, apesar de toda a movimentação e alegre excitabilidade, os singelos, delicados enfeites de Vrenchen permaneceram incólumes, com o mesmo frescor que exibiam pela manhã. Sali comportou-se por esses caminhos não como um rapaz do campo com quase vinte anos ou como filho de um taverneiro arruinado, mas como se fosse alguns anos mais jovem e tivesse usufruído de boa educação, e era quase cômico o modo com que contemplava incessantemente sua amável, delicada Vrenchen, cheio de carinho, cuidado e respeito. Pois nesse único dia que lhes era concedido, os pobres jovenzinhos tinham de passar por todas as modalidades e sensações do amor, e tanto recuperar os dias perdidos de um passado mais suave quanto antecipar o desfecho apaixonado com o sacrifício de suas vidas.

Assim foram caminhando até sentirem fome de novo; alegraram-se ao avistar, do alto de uma montanha coberta de sombras, uma resplandecente aldeia onde poderiam almoçar. Desceram com rapidez, adentrando em seguida esse lugar com o mesmo recato com que haviam deixado o lugarejo anterior. Pelo caminho não havia ninguém que os reconhecesse; pois sobretudo Vrenchen não estivera em contato com as pessoas ao longo dos últimos anos e muito menos visitara outras aldeias. Por isso davam a impressão de constituir um parzinho contente e honrado, que estivesse a caminho de resolver algo importante. Entraram no primeiro restaurante da aldeia, onde Sali pediu uma lauta refeição; foi-lhes preparada uma mesa com decoração especial de domingo e ali se sentaram eles, de novo silenciosa e modestamente, passando a observar as bonitas paredes revestidas de nogueira encerada, o aparador rústico, mas reluzente e bem guarnecido, feito da mesma madeira, e as alvas, límpidas cortinas. A dona do

restaurante aproximou-se com intimidade e colocou sobre a mesa um recipiente cheio de flores recém-colhidas.

— Até que a sopa chegue — disse — vocês podem saciar os olhos nesse ramalhete, se isso lhes agradar. Pelo visto, se for permitido perguntar, vocês formam um jovem casal de noivos que certamente se dirige à cidade para amanhã se unirem em matrimônio.

Vrenchen ficou vermelha e não ousou contradizer, Sali também não disse nada e a mulher continuou:

— Bem, é verdade que vocês são bastante jovens, mas é costume dizer que vive muito tempo quem casa cedo, e pelo menos vocês são bonitos e bem-educados, não precisando se esconder de ninguém. Pessoas ordeiras podem realizar muita coisa na vida quando se unem na juventude e permanecem trabalhadoras e fiéis. Mas isso a gente tem de ser de qualquer modo, pois o tempo é curto e ao mesmo tempo longo, e então vem aquela sucessão de muitos, muitos dias! Quanto mais cedo, melhor; pois esses dias podem ser belos e, além disso, divertidos se a gente administrar bem as coisas! Não me levem a mal, mas me alegra tê-los diante dos olhos, um casalzinho assim tão alinhado!

A moça que servia as refeições trouxe a sopa e, como havia escutado parte dessa conversa e, ainda, como ela própria desejasse casar, lançou olhares invejosos a Vrenchen que, em sua opinião, estava percorrendo caminhos muito promissores. Na sala ao lado, essa pessoa desagradável deu rédeas soltas à sua irritação e, elevando a voz a ponto de todos poderem ouvi-la, disse à dona do restaurante, que se ocupava ali com algo:

— Eis aqui de novo um povinho desleixado que, não importa de que maneira, corre para casar-se na cidade, sem nada no bolso, sem amigos, sem enxoval e sem outra perspectiva senão miséria e mendicância! Aonde se vai parar quando essas coisinhas que não sabem nem vestir sozinhas a saia e nem fazer uma sopa decente querem se casar? Ah, tenho pena desse moço bonito, ele está bem arrumado com sua jovem espevitada![22]

— Psiu!, faça o favor de calar-se, sua maldosa! — atalhou a dona do restaurante. — Não permito que você fale deles nesse tom! São com certeza dois jovenzinhos bastante corretos, que vêm das montanhas, onde ficam as fábricas. Estão sim vestidos com modéstia, mas de maneira asseada; e se eles realmente se quiserem bem e trabalharem bastante, chegarão muito mais longe do que você com esta boca maledicente! Você sim que, se não aprender a ser mais gentil, terá de esperar muito tempo até que algum noivo venha buscá-la, mulher azeda!

Vrenchen saboreava assim todas as delícias cabíveis a uma noiva a caminho do casamento: a generosidade da intervenção assim como o encorajamento de uma mulher muito sensata, a inveja de uma pessoa de má índole, ela mesma desejosa de casar-se e que, dominada pela raiva, elogiava e lamentava o amado de Vrenchen, e ainda um delicioso almoço justamente ao lado desse amado. Seu rosto ardia como um cravo vermelho, o coração palpitava-lhe, mas nem por isso ela deixava de comer e beber com ótimo apetite e mostrar-se tão mais gentil com a moça que os servia, mas também sem poder renunciar a mirar Sali com todo carinho e cochichar com ele, de modo que em seu íntimo o moço ficou inteiramente embaraçado. Permaneceram sentados longa e prazerosamente à mesa, como se hesitassem e temessem abandonar a suave ilusão. Como sobremesa, a dona do restaurante trouxe bolos e Sali pediu um vinho mais requintado e forte, que

---

[22] *Gungeline*, no original: segundo o *Schweizerisches Idiotikon, Gungele* (ou *Gungle*) é uma denominação zombeteira para moças ou mulheres que moram à beira do lago de Zurique. Keller acrescenta ao termo dialetal a desinência feminina *ine*, que reforça a sugestão pejorativa do termo.

correu como fogo pelas veias de Vrenchen quando esta deu um pequeno gole; mas ela passou a ter mais cuidado, apenas bebericando um pouco de vez em quando; e assim ficou sentada ali, cheia de recato e pudor, como uma verdadeira noiva. Em parte desempenhava esse papel por marotagem e pelo deleite de ver como se saía, em parte porque de fato era assim que se sentia por dentro, sendo que o coração lhe parecia querer romper-se de tanta ansiedade e ardente amor. Continuar por mais tempo entre essas quatro paredes se lhe tornou por demais sufocante e expressou então o desejo de partir. Era como se ambos temessem enveredar novamente por uma trilha afastada e solitária, pois sem que tivessem combinado retomaram a marcha pela estrada principal, em meio às pessoas e sem olhar nem para a direita, nem para a esquerda. Mas ao saírem desse lugar e rumarem para a aldeia vizinha, onde havia quermesse, Vrenchen pendurou-se no braço de Sali e sussurrou-lhe palavras trêmulas:

— Sali, por que não podemos nos entregar um ao outro e ser felizes?

— Também não vejo por que não podemos! — respondeu Sali com os olhos fixos no suave brilho do sol outonal que se entremeava às campinas, tendo então de dominar-se e contrair o rosto de maneira estranha.

Detiveram-se para se beijar; mas como surgissem muitas pessoas, desistiram de tal propósito e prosseguiram adiante. A grande aldeia paroquial, que abrigava a quermesse, já se animava com a movimentação popular. Do imponente salão de festa ressoava pomposa música de baile, uma vez que os jovens aldeões haviam dado início à dança por volta do meio-dia. E na praça diante do restaurante estava armada uma pequena feira, composta de algumas mesas repletas de doces e bolos e um punhado de barracas com bijuterias, em torno das quais se apinhavam crianças e aquela parcela do povo que de início se contenta em apenas olhar.

Sali e Vrenchen acercaram-se dessas maravilhas e deixaram os olhos passear sobre tudo que estava exposto; pois ambos tinham ao mesmo tempo a mão no bolso e cada um desejava presentear o outro com alguma lembrança, uma vez que pela primeira e única vez se viam juntos numa feira. Sali comprou uma grande casa de pão de mel, caiada simpaticamente de açúcar e com um telhado verde sobre o qual pousavam pombas e de cuja chaminé mirava um pequeno cupido encarregado de limpar a fuligem; nas janelas abertas abraçavam-se pequeninas pessoas bochechudas com minúsculas boquinhas rubras beijando-se de um modo todo especial, pois o prático e apressado pintor havia feito com um só golpe de pincel duas boquinhas que se confundiam uma na outra. Pontinhos negros representavam os olhinhos vívidos. Mas à porta de entrada, pintada de rosa, podiam-se ler os seguintes versos:

> *Entre em minha casa, oh amada!*
> *Mas nada lhe quero ocultar:*
> *Nela são só beijos e abraços*
> *Que se cobram de quem entrar.*
>
> *Disse a amada: "Oh, meu amado,*
> *Não me assusta o que você diz!*
> *Tudo ponderei com cuidado:*
> *Só com você serei feliz!*
>
> *E se as coisas bem considero,*
> *Agrada-me tal condição!"*
> *Pois bem, entre sem vacilar*
> *E vá cumprindo a tradição!*

Um senhor de fraque azul e uma dama com busto bastante proeminente cumprimentavam-se e se convidavam a entrar na casa de acordo com esses versos, pintados à direita e à esquerda na parede. Vrenchen, em contrapartida, presenteou Sali com um coração que de um lado trazia um bilhetinho com as palavras:

Uma doce amêndoa há neste coração pudico,
Bem mais doce, porém, é o amor que lhe dedico!

E do outro lado:

Ao comer este coração, jamais se esqueça do ditado:
Bem antes de morrer o amor, meus olhos se terão fechado!

Leram avidamente tais sentenças e jamais algo rimado e impresso foi considerado mais belo e sentido com mais profundidade do que esses versinhos de confeitaria. Consideravam o que liam como intencionalmente talhado para eles, tão bem parecia combinar com a situação em que se encontravam.

— Ah! — suspirou Vrenchen — você está me presenteando com uma casa! Eu também lhe dei uma de presente, que no fundo é a única verdadeira; pois o nosso coração é agora nossa casa, é aí que moramos e assim trazemos nossa morada conosco, como os caracóis! Outra nós não temos!

— Pois então somos dois caracóis, sendo que cada um carrega consigo a casinha do outro! — disse Sali, e Vrenchen replicou:

— Por isso mesmo jamais nos afastemos um do outro, mas que cada um permaneça sempre próximo à sua morada!

Não percebiam, contudo, que com suas falas estavam criando os mesmos ditos espirituosos que se podiam ler nesses pães de mel com as formas mais variadas, e assim continuaram a estudar essa doce e singela literatura amorosa que se desdobrava diante deles, inscrita de modo especial em grandes e pequenos corações diversamente decorados. Tudo se lhes afigurava belo e sobremaneira preciso. Quando Vren-

Romeu e Julieta na aldeia

103

chen, diante de um coração banhado a ouro e, à semelhança de uma lira, guarnecido com cordas, leu as palavras: "Meu coração é uma cítara a vibrar, muito dedilhada muito há de ressoar!", sentiu-se dominada por sensação tão musical que acreditou ouvir soar o próprio coração. Lá estava uma imagem de Napoleão, que todavia tinha de ostentar igualmente uma sentença apaixonada, pois na parte inferior havia a inscrição: "Grande foi o herói Napoleão, de aço sua espada, argila seu coração; minha amada traz uma rosa no regaço, seu coração porém é fiel como aço!".

Todavia, enquanto ambos pareciam mergulhados nessa leitura, cada um deles aproveitou a oportunidade para fazer uma compra secreta. Sali comprou para Vrenchen um pequeno anel banhado a ouro com uma pedrinha de cristal verde, ao passo que Vrenchen adquiriu um anel de chifre negro de camurça, em que se incrustava um miosótis dourado. Ambos tiveram provavelmente a mesma ideia de se ofertarem esses modestos símbolos quando viesse a separação.

À medida que iam se aprofundando nessas coisas, Sali e Vrenchen se distraíram tanto que não perceberam que pouco a pouco foi se formando em volta um amplo círculo de pessoas que os contemplavam atenta e curiosamente. Pois como também estavam presentes nesse lugar muitos rapazes e moças de sua aldeia, eles foram reconhecidos e todo esse povo se postava agora a alguma distância ao seu redor e olhava com espanto para o casal bem arrumado que, tomado por íntima afeição, parecia olvidar o mundo circundante.

— Ei, vejam! — ouviu-se uma voz. — Aí estão de fato a Vrenchen Marti e o Sali da cidade! Eis que eles se encontraram e se uniram decentemente! E quanto carinho, quanto afeto, vejam, vejam só! O que será que pretendem com isso?

O espanto dos que miravam consistia numa mescla muito singular de compaixão pela desgraça, de desprezo pela decadência e maldade dos pais e, ainda, de inveja suscitada pela felicidade e harmonia do casal de jovens que pareciam apaixonados e excitados de um modo inteiramente incomum, quase nobre; esquecidos de si mesmos numa entrega mútua sem reservas, Sali e Vrenchen assomavam aos olhos desse povinho rude como seres tão estranhos quanto em seu abandono e miséria. Por isso, quando finalmente despertaram e olharam ao redor, não avistaram senão rostos que os encaravam curiosos de todos os lados; ninguém os cumprimentou e eles não sabiam se deviam cumprimentar alguém, e essa estranheza e descortesia de ambos os lados significavam antes embaraço do que um ato intencional. Vrenchen foi invadida por um ardor de angústia, enrubescia e empalidecia, até que Sali a tomou pela mão e levou embora a pobre criatura que, sempre segurando sua casa, seguiu-o docilmente, embora os alegres trompetes ribombassem no restaurante e Vrenchen tivesse tanta vontade de dançar.

— Aqui não podemos dançar! — disse Sali após terem alcançado uma certa distância. — Pelo visto, encontraríamos nesse lugar muito pouca alegria!

— De todo modo — disse Vrenchen tristemente —, melhor seria se deixássemos isso de lado e eu fosse atrás de um alojamento!

— Não! — exclamou Sali —, você tem de dançar, foi para isso que eu trouxe os sapatos! Vamos para onde se divertem as pessoas pobres, entre as quais nos encontramos agora; lá elas não nos desprezarão. Toda vez que acontece aqui a quermesse do padroeiro, também há baile no Jardinzinho do Paraíso, que pertence igualmente à comunidade paroquial; vamos para lá, onde você também poderá pernoitar em caso de necessidade.

Vrenchen estremeceu à ideia de dormir pela primeira vez num lugar desconhecido; mas seguiu sem resistência o seu guia, que agora era tudo o que ela possuía no mundo. O Jardinzinho do Paraíso era um estabelecimento magnificamente

localizado numa solitária encosta de montanha, de onde se tinha vista aberta sobre os campos, mas frequentado nos dias de festa apenas pelo povo mais pobre, trabalhadores diaristas e filhos dos camponeses mais humildes, e até mesmo por alguns bandos de andarilhos. Fora construído cem anos atrás por um rico excêntrico para servir como pequena residência campestre e depois não foi habitado por mais ninguém; e uma vez que esse lugar não pôde ser utilizado para nenhuma outra finalidade, a curiosa sede campestre entrou em decadência e caiu por fim nas mãos de um taberneiro que abriu ali o seu negócio. Mas o nome e o correspondente estilo arquitetônico preservaram-se no novo estabelecimento. Consistia apenas num pavimento térreo sobre o qual se construiu uma edificação aberta, cujo teto era sustentado nos quatro cantos por imagens de arenito representando os quatro arcanjos, os quais já estavam inteiramente erodidos pelo tempo. Na cornija do teto pequenos anjos com cabeças e barrigas imensas agrupavam-se em círculo, tocando triângulo, violino, flauta, címbalo e tamborim, sendo os músicos também de arenito e os instrumentos originalmente banhados a ouro. O teto interno assim como o parapeito do pavimento e as demais paredes da casa estavam cobertos com afrescos esmaecidos, que retratavam alegres agrupamentos de anjos e santos que cantavam e dançavam. Tudo isso, porém, desvanecido e indistinto como um sonho, ademais copiosamente recoberto por videiras, e por toda parte pendiam do caramanchão cachos de uva que amadureciam em tonalidades azul-escuras.[23] A

---

[23] *Paradiesgärtchen*, no original. A caracterização desse local campestre é marcada por uma mescla de elementos cristãos e pagãos. Já o nome, remetendo à concepção bíblica do Jardim do Éden (*Gênesis*, 2-3), traz nova variação ao motivo do "céu", que desponta em diversos momentos da história. Os afrescos e estátuas que se veem no Jardinzinho do Pa-

casa era circundada por castanheiras selváticas e aqui e ali cresciam roseirais robustos e nodosos, subsistindo por conta própria em estado tão selvagem como, em outras partes, os sabugueiros. O pavimento funcionava como salão de baile; enquanto se aproximavam, Sali e Vrenchen já divisaram de longe os casais rodopiando sob o teto do salão, e ao redor da casa uma animada multidão bebia e fazia algazarra.

Vrenchen, que em melancólica devoção trazia consigo sua casinha de amor, assemelhava-se a uma santa padroeira de pinturas antigas, tal como costuma portar na mão o modelo da catedral ou do convento que instituíra; mas da pia instituição que a moça tinha em mente não haveria de resultar nada. Ao ouvir, contudo, a intempestiva música que ressoava do pavimento, ela se esqueceu de todas suas penas e não desejou outra coisa senão finalmente dançar com Sali. Os jovens abriram caminho entre os convivas que se aglomeravam diante da casa e no salão, gente esmolambada de Seldvila que buscava diversão barata no campo, pobres de todos os cantos da região; subiram as escadas e logo rodopiavam em compasso de valsa, sem tirar os olhos um do outro. Somente quando a valsa chegou ao fim, olharam ao redor de si; Vrenchen havia amassado e despedaçado sua casinha; já estava a ponto de afligir-se com essa destruição, quando se assustou ainda mais ao avistar o violinista escuro, em cuja proximidade os jovens se encontravam. Ele estava sentado num banquinho colocado sobre uma mesa e se mostrava tão

---

raíso representam anjos, arcanjos e santos, mas não em atitude religiosa e sim cantando e dançando. Essa dimensão profana se reforça com a descrição das videiras e do caramanchão coberto de cachos de uva maduros, constituindo-se assim uma decoração repleta de sugestões dionisíacas, isto é, do deus do vinho, da dança e do êxtase erótico. É, portanto, nesse ambiente que o violinista escuro, também ele impregnado de traços dionisíacos, buscará seduzir Sali e Vrenchen para uma existência fora dos padrões da sociedade burguesa.

escuro como sempre; só que nesse dia ele havia espetado um ramo verde de pinheiro em seu pequeno chapéu e tinha entre os pés uma garrafa de vinho tinto e um copo que ele jamais derrubava, embora estrebuchasse continuamente as pernas enquanto tocava, tendo desse modo de realizar uma espécie de delicada dança sobre ovos. Ao seu lado estava sentado um jovem bonito, mas com expressão entristecida, segurando uma trompa nas mãos, e havia ainda um rapaz corcunda, em pé junto ao rabecão. Também Sali se assustou quando viu o violinista; este, todavia, cumprimentou-os da maneira mais simpática e exclamou:

— Eu sabia muito bem que ainda haveria de tocar para vocês! Que vocês se divirtam então, meus queridinhos, e brindem comigo!

Ofereceu a Sali um copo cheio e este bebeu e lhe fez um brinde. Ao perceber quão assustada estava Vrenchen, o violinista dirigiu-lhe palavras amáveis e fez algumas brincadeiras quase cavalheirescas, que a levaram ao riso. Ela se animou novamente e então os jovens ficaram felizes por ter um conhecido nesse lugar e, de certo modo, encontrar-se sob a proteção especial do violinista. Assim, dançaram sem interrupção, esquecendo-se de si e do mundo em meio aos rodopios, cantos e ruídos que estrondeavam dentro e fora da casa e, a partir da montanha, propagavam-se amplamente por toda a região que aos poucos ia se envolvendo no halo prateado do entardecer de outono. Dançaram até que escurecesse e a maior parte dos alegres convivas se afastasse cambaleando e algazarrando em todas as direções. Os que restaram constituíam propriamente aquele povinho desleixado[24] que não tem raízes em lugar algum e que queria acrescentar ain-

---

[24] *Hudelvölkchen*, no original: a mesma designação com que na cena do almoço num restaurante de aldeia a garçonete invejosa se referira a Vrenchen e Sali.

da uma noite prazerosa ao dia prazeroso. Entre estes havia alguns que pareciam conhecer muito bem o violinista e, em seus trajes variegados, apresentavam aspecto exótico. Chamava especial atenção um rapaz que trajava uma jaqueta verde à moda de Manchester[25] e tinha sobre a cabeça um chapéu de palha amarrotado, em torno do qual ele havia cingido uma coroa de sorvas ou nêsperas. Esse jovem trazia consigo uma moça de aparência selvagem, com uma saia de chita vermelha como cereja e salpicada de manchinhas brancas, ostentando ainda, em torno da cabeça, uma fita de ramos de videira, de tal forma que sobre cada têmpora caía um bago azul de uva. Esse era o casal mais animado de todos, cantava e dançava infatigavelmente e estava em todos os cantos ao mesmo tempo. No salão encontrava-se também uma moça bonita e esbelta, trajando um vestido de seda negra, já puído, e com um pano branco na cabeça, cuja ponta caía-lhe às costas. O pano, entretecido com listras vermelhas, era um guardanapo de linho fino ou uma boa toalha de mão. Abaixo desse turbante se destacava brilhante um par de olhos azuis como violetas. Ao redor do pescoço e sobre o peito via-se um colar de sorvas alinhavadas num fio que dava seis voltas, substituindo o mais belo cordão de pérolas. Essa figura estava dançando sempre sozinha e se recusava obstinadamente a aceitar um parceiro para a dança. Nem por isso ela deixava de movimentar-se pelo salão com graça e leveza, sorrindo toda vez que passava girando pelo triste tocador de trompa, sendo que este virava sistematicamente o rosto para o outro lado.

Havia ainda por lá algumas outras mulheres com os seus protetores, todas elas satisfeitas e denotando parcos recursos

---

[25] *Manchesterjacke*, no original: peça de vestuário feita de belbute, tecido grosso e resistente semelhante ao veludo. O nome advém da cidade inglesa em que esse tecido era produzido.

Romeu e Julieta na aldeia

materiais, mas tanto mais animadas e em plena concórdia entre si. Quando escureceu por completo, o dono do estabelecimento não quis acender as velas, declarando que o vento as apagaria e, também, que a lua cheia logo iria nascer; considerando, além disso, os ganhos que essa clientela lhe proporcionava, a iluminação do luar já seria suficiente. Essa declaração foi recebida com grande contentamento; todo mundo postou-se junto à murada do salão aberto e pôs-se a aguardar a aparição do astro cujo rubor já se anunciava no horizonte. Tão logo a lua surgiu e projetou sua luz oblíqua sobre o pavimento do Jardinzinho do Paraíso, todos se puseram a dançar sob o luar, de maneira tão tranquila, graciosa e satisfeita como se estivessem sob o brilho de centenas de velas de cera. A insólita luz derramou uma atmosfera mais íntima sobre todos e, assim, Sali e Vrenchen não puderam senão misturar-se à animação geral e dançar também com as outras pessoas. Mas toda vez que ficavam separados por alguns instantezinhos, voavam novamente em direção um do outro e celebravam o reencontro como se tivessem se procurado durante anos e finalmente se encontrado. Sempre que dançava com alguma outra moça, Sali punha uma expressão triste e desanimada sobre o rosto, olhando continuamente na direção de Vrenchen, que não o mirava ao passar rodopiando por ele, as faces ardentes como uma rosa púrpura e parecendo transbordar de felicidade, não importava quem fosse o seu par na dança.

— Você está com ciúmes, Sali? — perguntou Vrenchen quando os músicos se cansaram e fizeram uma pausa.

— Que Deus me proteja disso! — respondeu o rapaz. — Não vejo por que deveria estar enciumado.

— Por que então você fica tão zangado quando eu danço com outros?

— Não é por isso que eu fico zangado, mas sim porque eu tenho de dançar com outras. Não posso suportar nenhuma

outra moça e, quando não é você, parece que tenho um pedaço de pau entre os braços! E você, como se sente?

— Oh, sinto-me no céu quando estou dançando e sei que você está presente! Mas creio que cairia imediatamente morta se você fosse embora e me deixasse aqui!

Desceram as escadas e se detiveram diante da casa; Vrenchen enlaçou-o com os braços, aconchegou o seu corpo trêmulo e esguio ao dele, pressionou sua face calorosa, umedecida por lágrimas ardentes, ao rosto de Sali e disse soluçando:

— Não podemos nos unir e, no entanto, não posso sair do seu lado, nem por um instante, nem por um minuto!

Sali abraçou a moça, puxou-a impetuosamente para si e a cobriu de beijos. Seus pensamentos atribulados lutavam para encontrar uma saída, mas em vão. Ainda que a miséria e a desesperança de suas origens pudessem ser superadas, sua juventude e a paixão inexperiente não estavam talhadas de modo a submeter-se e resistir a um longo período de provações e renúncias; e depois haveria ainda o pai de Vrenchen, que Sali desgraçara para o resto da vida. O sentimento de que só é possível ser feliz na sociedade burguesa mediante um matrimônio honrado, isento de remorsos, estava tão vivo nele quanto em Vrenchen, e para ambas as criaturas abandonadas esse sentimento representava a derradeira flama da honra que em tempos passados ardera em seus lares e que seus pais, dominados pela autoconfiança, apagaram e destruíram por meio de uma atitude tão inaparente quanto equivocada, uma vez que, presumindo aumentar tal honra com a expansão de suas propriedades, apoderaram-se levianamente das terras de um desaparecido, tudo isso sem perigo algum, conforme imaginavam. É verdade que uma coisa dessas acontece todos os dias; por vezes, porém, o destino erige um exemplo e faz com que dois desses acumuladores de bens e de honra doméstica se choquem, quando então infalivelmente se esfolam e devoram um ao outro como dois animais selvagens. Pois

os que querem expandir seus reinos equivocam-se não apenas no alto dos tronos,[26] mas às vezes também nas choupanas mais humildes, indo parar por fim num ponto inteiramente oposto àquele que tencionavam alcançar, e então o brasão da honra converte-se num piscar de olhos em lápide da infâmia.

Mas Sali e Vrenchen tinham ainda presenciado a honradez de seus lares nos delicados anos de infância e lembravam-se claramente de que haviam sido criancinhas muito bem cuidadas e que seus pais se assemelhavam então aos outros homens, respeitados e bem situados. Depois estiveram separados por um longo período e, quando se reencontraram, viram ao mesmo tempo, um no outro, a felicidade que desaparecera de seus lares, e a inclinação que sentiam estreitou os laços de afeto com intensidade tanto maior. Desejavam avidamente viver em alegria e felicidade, mas apenas sobre um chão bem constituído, e este lhes parecia inalcançável, enquanto o jovem sangue em ebulição ansiava por fundir-se sem demora num só corpo.

— Bem, agora já é madrugada! — exclamou Vrenchen — e precisamos nos separar!

— Então eu devo ir para casa e deixá-la sozinha? — disse Sali. — Não, não posso fazer isso!

— Mas depois será dia novamente e nossa situação não estará nem um pouco melhor!

— Quero dar-lhes um conselho, seus tolinhos! — soou uma voz estridente, e o violinista escuro surgiu diante deles.

---

[26] No original, Keller emprega a expressão *Mehrer des Reiches*, que representa um título conferido ao imperador do Sacro Império Romano-Germânico na Baixa Idade Média. Essa expressão alemã corresponde ao título latino *semper Augustus* (sempre Augusto — ou Sublime, Venerável), a partir da tradução equivocada de *Augustus* como derivado de *augere*: "aumentar, expandir".

— Cá estão vocês — disse ele —, não sabem para onde ir e gostariam de se entregar um ao outro. Aconselho-os a aceitarem a situação tal como está dada e a não perderem tempo. Venham comigo e com meus bons amigos para as montanhas, lá vocês não precisarão de sacerdote, dinheiro, leis, honra, nem de cama, não precisarão de nada a não ser boa vontade! Não é tal mau assim viver entre nós; tem-se ar puro e comida suficiente quando se é ativo; as verdes florestas são a nossa morada, lá nos amamos conforme nossa livre vontade e no inverno arrumamos os refúgios mais quentinhos ou nos enfiamos, para nos aquecer, no feno preparado pelos camponeses. Portanto, uma decisão rápida: celebrem aqui mesmo o casamento e venham conosco; estarão livres de todas as preocupações e por todo o sempre, toda a eternidade, pertencerão um ao outro — pelo menos enquanto isso lhes agradar. Pois levando essa nossa vida livre, vocês chegarão à velhice, podem acreditar em mim! E não pensem que quero descontar em vocês aquilo que seus pais fizeram comigo! Não! É verdade que fico contente vendo-os chegar na situação em que se encontram; mas com isso me dou por satisfeito e, se me seguirem, quero ser-lhes útil e prestativo.

Ele disse essas palavras num tom realmente sincero e acolhedor.

— Pois então, reflitam um pouco, mas sigam-me se acharem que lhes dei um bom conselho! Deixem o mundo seguir o seu rumo, aceitem-se como são e não perguntem nada a ninguém! Pensem no prazeroso leito nupcial que encontrarão nas profundezas da floresta ou nos montes de feno, quando sentirem frio!

Com isso, ele entrou na casa. Vrenchen tremia nos braços de Sali, e este disse:

— O que você acha disso? Parece-me que não seria mau voltarmos as costas ao mundo e, em compensação, nos amarmos sem obstáculos e empecilhos!

Ele disse isso, porém, mais como um gracejo desespera-do do que de maneira séria. Mas Vrenchen, beijando-o, re-trucou com toda candura:

— Não, não quero ir para o meio deles, pois lá as coisas não são como eu gostaria que fossem. O jovem trompetista e a moça com o vestido de seda também se uniram desse mo-do e devem ter sido muito apaixonados um pelo outro. Acon-tece que na semana passada a jovem lhe foi infiel pela pri-meira vez, o que ele não consegue aceitar, e por isso está tão triste, amuando-se com ela e com os outros, que zombam dele. Mas ela, ao dançar sozinha e não falar com ninguém, se submete a uma penitência maliciosa e com isso apenas zomba dele também. Contudo, pelo comportamento do po-bre músico a gente percebe que ainda hoje ele vai reconciliar--se com ela. Mas onde as coisas se passam desse modo eu não gostaria de viver, pois jamais quero ser infiel a você, ainda que eu possa suportar tudo neste mundo para tê-lo ao meu lado!

A pobre Vrenchen, entretanto, ia ardendo cada vez mais, aconchegada ao peito de Sali; pois já desde o meio-dia, quan-do a dona do restaurante a tomara por uma noiva e ela, sem desmentir, desempenhara esse papel, a condição de noiva in-flamava-lhe o sangue, de maneira tanto mais selvagem e in-dômita quanto mais desesperançada se sentia. A situação de Sali não era nem um pouco melhor do que a sua, pois por menos que ele se inclinasse a prestar ouvidos às palavras do violinista, estas, no entanto, tinham confundido os seus sen-tidos, e então ele disse atordoado e com voz entrecortada:

— Entre, pelo menos a gente ainda precisa comer e beber alguma coisa.

Entraram no salão em que não havia mais ninguém ex-ceto o pequeno grupo de apátridas, que já estavam reunidos em torno de uma mesa e tomavam uma modesta refeição.

— Aí vem o nosso casalzinho nupcial! — exclamou o

violinista. — Que vocês agora se deixem unir um ao outro com alegria e animação!

Forçados a dirigir-se à mesa, Sali e Vrenchen foram para lá como se estivessem fugindo de si mesmos; ficaram felizes por se encontrarem no meio de pessoas nesse momento. Sali encomendou vinho e fartas porções, o que provocou um grande contentamento. O rapaz amuado havia se reconciliado com a infiel e o casal, imerso em ávida felicidade, trocava carícias; o outro casal amasiado também cantava e bebia e tampouco deixava de oferecer demonstrações de amor.[27] Enquanto isso, o violinista, acompanhado do tocador de rabecão corcunda, não parava de estrondear. Sali e Vrenchen estavam silenciosos e mantinham-se abraçados; repentinamente o violinista pediu silêncio e pôs em ação uma cerimônia burlesca que deveria representar um matrimônio. Os jovens tiveram de se dar as mãos e todos os presentes se levantaram e, um a um, foram se apresentando diante deles, parabenizando-os e dando-lhes as boas-vindas nesse clima de confraternização. Sem dizer palavra alguma, os dois deixaram a encenação acontecer desse modo, contemplando tudo como gracejo, enquanto ondas de calor e frio lhes corriam pela espinha.

Estimulado pelo vinho forte, o pequeno agrupamento foi ficando cada vez mais barulhento e excitado, até que de repente o violinista conclamou todos a partir.

— Temos um longo caminho pela frente — exclamou —, e já passou da meia-noite há muito tempo! Avante, então! Vamos dar acompanhamento ao casal de noivos e eu quero ir na ponta tocando violino, para que seja um belo espetáculo!

---

[27] "Amasiado" corresponde no original a *wild*, "selvagem", já que em alemão se empregava a expressão "casamento selvagem" (*wilde Ehe*) para casais que viviam sob o mesmo teto sem terem oficializado a união.

Já que os jovens, atônitos e desamparados, não tinham ideia alguma do que fazer e, sobretudo, estavam inteiramente confusos, deixaram de novo que as coisas acontecessem desse modo, isto é, que fossem colocados na frente e que os dois casais restantes formassem atrás um cortejo, arrematado pelo rapaz corcunda com o rabecão sobre os ombros. O violinista escuro partiu na ponta e desceu a montanha tocando o instrumento como um possesso, enquanto os outros o seguiam rindo, cantando e pulando. Assim o tresloucado cortejo noturno percorreu os campos silenciosos e a aldeia natal de Sali e Vrenchen, cujos habitantes estavam dormindo havia muito tempo.

Quando, atravessando as calmas vielas, passaram pelas arruinadas casas de seus pais, foram acometidos por uma sensação dolorosamente selvagem; todavia, sempre atrás do violinista, buscavam sobrepujar os outros na dança, beijavam-se, riam e choravam. Dançando, subiram ainda a colina pela qual o violinista os conduziu e onde se estendiam os três campos; chegando ao topo, o sujeito escuro, mais uma vez, atacou selvagemente o violino, pulando e saltitando como um espectro, e seus companheiros não ficavam atrás na animação, de tal modo que no silencioso monte se desenrolava um verdadeiro cortejo de bruxas e feiticeiros.[28] Até mesmo o corcunda rodopiava ofegante com o seu fardo e nenhum dos figurantes parecia enxergar o outro. Sali agarrou Vrenchen firmemente pelo braço e a obrigou a deter-se; pois ele foi o primeiro a voltar a si. Para que ela se calasse,

---

[28] O narrador emprega nessa passagem o termo *Blocksberg*, que designa a montanha mais elevada (1.142 metros) da região do Harz, no norte da Alemanha, onde feiticeiros, bruxas e demais seres ímpios se reúnem, segunda lendas populares, na madrugada de 30 de abril para 1º de maio — dia de Santa Valpúrgis (ou Valburga) — para celebrar uma festa orgiástica. O *Blocksberg* oferece o palco para a cena "Noite de Valpúrgis", na primeira parte da tragédia *Fausto*, de Goethe.

beijou-a ardentemente nos lábios, pois a moça havia se esquecido por inteiro de si e cantava em voz alta. Por fim ela compreendeu a intenção dele e ambos estacaram, ouvindo atentamente até que sua desvairada comitiva nupcial percorresse todo o campo e, sem dar pela falta deles, se perdesse acima da margem do rio. O violino, os risos das moças e os gritos de júbilo dos rapazes ainda soaram por um bom tempo através da noite, até que por fim tudo se dissipou e o silêncio se impôs.

— Destes nós escapamos — disse Sali —, mas como escapar de nós mesmos? Como podemos nos evitar?

Vrenchen não estava em condições de responder e, respirando sofregamente, abraçava-se ao pescoço do amado.

— Não seria melhor levá-la de volta à aldeia e acordar as pessoas para que você seja acolhida? Amanhã, então, você poderia tomar o seu caminho, e certamente se sairá bem por onde quer que vá!

— Seguir em frente, sem você?

— Você tem de me esquecer!

— Jamais o esquecerei! Será que você conseguiria?

— Não é isso que vem ao caso, meu tesouro! — disse Sali e pôs-se a acariciar-lhe as faces ardentes na mesma medida em que ela se agitava apaixonadamente em seu peito. — Trata-se agora apenas de você, que é ainda tão jovem e se sairá bem por qualquer caminho que tomar!

— E você não, homem velho?

— Venha! — exclamou Sali e a levou consigo. Contudo, deram apenas alguns passos e se detiveram novamente para se abraçar e acariciar com mais comodidade. O silêncio do mundo penetrava-lhes nas almas cantando e musicando; abaixo ouvia-se apenas o rio murmurejar amorosa e mansamente em seu lento curso.

— Como tudo é belo ao redor! Você não está ouvindo algo soar, como um belo canto ou um repique de sinos?

— É a água que está murmurejando! No mais, tudo está em silêncio.

— Não, é ainda outra coisa; aqui, mais além, por toda parte está soando algo!

— Creio que estamos ouvindo o nosso próprio sangue rumorejar em nossos ouvidos!

Por um breve momento se concentraram em ouvir esses sons imaginários ou reais, que provinham do grande silêncio ou que eles confundiam com o efeito mágico do luar vogando nas proximidades e à distância sobre a alva névoa de outono que invadia os vales. De repente, algo ocorreu a Vrenchen; começou a procurá-lo no bolso do peito e disse:

— Comprei uma recordação para você, que gostaria de lhe dar agora!

E passou-lhe um anel bastante simples, colocando-o ela mesma no dedo de Sali. Este também tirou do bolso o seu anelzinho e o colocou na mão de Vrenchen, dizendo:

— Tivemos então os mesmos pensamentos!

Vrenchen estendeu sua mão à pálida luz prateada e contemplou o anel.

— Ei!, mas que anel mais fino! — disse rindo. — Mas agora somos de fato noivos e estamos prometidos um ao outro; você é meu marido e eu sou sua mulher, vamos pensar nisso por um instante, apenas até que aquela faixa de névoa passe pela lua ou que eu conte até doze! Beije-me então doze vezes!

Sali amava, sem dúvida alguma, com tanta força quanto Vrenchen, mas para ele a questão do casamento não era tão apaixonadamente viva, enquanto alternativa incondicional, um ser ou não ser sem mediações, como se colocava para Vrenchen, que só era capaz de entregar-se a um sentimento e com determinação apaixonada enxergava nesse dilema, de maneira imediata, tão somente uma questão de vida ou morte. Mas por fim a mente de Sali se iluminou e o sentimento

Romeu e Julieta na aldeia   123

feminino da jovem enamorada converteu-se de pronto para ele num caloroso, selvagem desejo, e uma clareza ardente abriu-lhe os sentidos. Por mais intensamente que já tivesse abraçado e acariciado Vrenchen, ele agora o fazia de maneira muito diferente, cobrindo-a de beijos com ímpeto renovado. Apesar de toda sua paixão, Vrenchen sentiu de imediato essa mudança e um violento tremor sacudiu-lhe o íntimo, mas ainda antes que aquela faixa de névoa tivesse passado pela lua, também ela já estava dominada pela nova sensação. As mãos dos jovens, enfeitadas com os anéis, encontraram-se numa fervorosa batalha de carícias e se enlaçaram com força, como que consumando por si mesmas a união, sem intervenção da vontade. O coração de Sali ora martelava em seu peito, ora se imobilizava; respirando com sofreguidão, ele disse em voz baixa:

— Para nós, Vrenchen, há um caminho: vamos celebrar o casamento neste instante e depois partimos deste mundo — mais adiante está a profundeza das águas, ali ninguém mais nos separa e nós nos teremos unido, se por um breve momento ou por um longo tempo, isso será indiferente para nós.

Vrenchen disse prontamente:

— Sali, já refleti muito sobre isso que você está dizendo agora e tomei uma decisão por mim, isto é, nós dois poderíamos morrer e então tudo ficaria para trás; quero que você jure que fará isso comigo!

— Para mim é como se já estivesse feito; ninguém, a não ser a morte, irá tirá-la de meus braços! — disse Sali fora de si.

Vrenchen, todavia, respirou com profundo alívio e lágrimas de contentamento jorraram de seus olhos; mas ela logo cobrou ânimo e, como um pássaro, saiu pulando pelo campo na direção do rio que corria abaixo. Sali foi ao seu encalço, pois acreditava que ela queria fugir, enquanto Vren-

chen acreditava que ele pretendia detê-la; assim foram saltando um atrás do outro e Vrenchen ria como uma criança que não quer ser alcançada.

— Você já está se arrependendo? — gritou um para o outro quando chegaram ao rio e se agarraram.

— Não! Estou cada vez mais feliz! — replicaram ambos.

Livres de todas as apreensões, foram caminhando ao longo da margem e ultrapassavam as águas que corriam ligeiras, tal era a pressa com que buscavam um local para se acomodar. Pois agora a paixão que os dominava enxergava apenas a embriaguez da ventura subjacente à união, e todo o significado e conteúdo da vida restante se condensaram nesse instante; o que viria depois, morte e naufrágio, era-lhes um halo apenas, um nada, e nisso pensavam ainda menos do que uma pessoa leviana pensa no dia de amanhã, em como irá viver após ter consumido seus últimos recursos.

— Minhas flores vão na frente — exclamou Vrenchen.
— Veja, já perderam inteiramente o viço, estão murchas!

Tirou as flores do peito e as lançou às águas, cantando em voz alta:

— Bem mais doce, porém, é o amor que lhe dedico!

— Pare! — exclamou Sali. — Eis aqui o seu leito nupcial!

Chegaram a um caminho que conduzia da aldeia a um rio e ali havia um ancoradouro onde um grande navio repleto de feno se encontrava atracado. Tomado por uma disposição selvagem, Sali começou sem demora a soltar as grossas amarras; Vrenchen jogou-se rindo em seus braços e exclamou:

— O que você está fazendo? Será que no final de tudo a gente ainda vai roubar o navio de feno dos camponeses?

— É o dote que eles vão nos dar, estrado e armação flutuantes e um leito como nenhuma outra noiva jamais teve! Além disso, eles encontrarão a embarcação que lhes pertence mais adiante, para onde ela deve rumar, e não saberão o que se passou. Veja, já começa a balançar e quer partir rio abaixo!

O navio balançava a alguns passos da margem, em águas mais profundas. Sali tomou Vrenchen em seus braços e foi caminhando pelas águas na direção do navio. Ela, porém, agitando-se como um peixe, acariciava-o com ardor tão indômito que ele não conseguia manter o equilíbrio na água que puxava. Enquanto tentava submergir o rosto e as mãos na água, Vrenchen exclamou:

— Eu também quero sentir o frescor da água! Você ainda se lembra de como as nossas mãos estavam frias e molhadas quando elas se tocaram pela primeira vez? Estávamos então atrás de peixes e agora nós próprios seremos peixes, dois belos e enormes peixes!

— Fique quieta, moça endiabrada! — disse Sali, com dificuldades para se sustentar ereto entre a agitação da amada e as ondas. — Pois assim as águas me arrastam!

Ele depôs no navio o fardo que sustentava nas mãos e se alçou em seguida ao convés; depois colocou Vrenchen sobre o carregamento empilhado, macio e cheiroso, arrojando-se mais uma vez atrás dela. Quando ambos se encontravam acomodados sobre o feno, o navio começou aos poucos a deslocar-se para o meio da torrente e, girando lentamente, foi singrando para o vale.

O rio serpenteava ora por bosques escuros e altos, que o ensombreciam, ora por campos abertos; passava ora por aldeias silenciosas, ora por cabanas isoladas; desembocava aqui num remanso que o fazia assemelhar-se a um plácido lago e onde o navio se imobilizava quase que por completo, precipitava-se ali em meio a rochedos e rapidamente deixava para trás as margens sonolentas; e quando a aurora se levantou, surgiu ao mesmo tempo da torrente cinza-prateada uma cidade com suas torres. A lua que se punha, vermelha como ouro, derramava uma faixa brilhante sobre a torrente pela qual o navio seguia lentamente em posição enviesada. Ao aproximar-se da cidade, dois vultos pálidos, estreitamente abraçados no frio da manhã de outono, destacaram-se da massa escura e deslizaram para as águas gélidas.

Alguns instantes depois o navio se encostou incólume a uma ponte e ali permaneceu. Mais tarde, quando se encontraram os corpos num trecho do rio abaixo da cidade e sua origem foi desvendada, pôde-se ler nos jornais que dois jovens oriundos de duas famílias paupérrimas e completamente arruinadas, as quais viviam em hostilidade irreconciliável, haviam buscado a morte nas águas após terem dançado ardorosamente durante uma tarde inteira e se divertido numa quermesse paroquial. É provável que esse acontecimento esteja relacionado com um navio de feno daquela região, o qual chegou até a cidade sem ninguém a bordo, e se supõe que os jovens tenham furtado o navio para celebrar sobre este o seu matrimônio desesperado e ímpio, o que constitui novo indício de que cada vez mais a imoralidade se alastra e as paixões se embrutecem.

A novela kelleriana

Robert Walser

Encontrava-me recentemente em um de nossos restaurantes e, um tanto animado — caso a expressão não seja demasiado tênue, mas a gente gosta de exprimir-se com certa distinção —, tomava café para recobrar maior sobriedade. Dei-me conta então de que uma dama de aparência bastante exuberante estava sentada bem próxima a mim, comendo costeletas com vagem. Comecei a observá-la e saboreei a satisfação de perceber que ela, com expressões faciais e um leve meneio de pé, correspondia à minha tentativa de travar conversação. Meu Deus, com alguma coisa a gente tem de espairecer! De ambos os lados o contato prosperava excelentemente. Ocorreu-me dar alguns passos até a estante de jornais; a caminho eu poderia — quem sabe? — roçar levemente a mulher cortejada, pensei. O meu desejo era que ela gentilmente deixasse talvez cair alguma coisa — o lenço, por exemplo —, eu o pegaria e entraria assim numa relação mais agradável e íntima com ela. Tinha um rosto redondo e caloroso, adornado com uma boquinha das mais encantadoras. Que homem sensível veria uma mulher assim sem sentir desejo de amoldar-se a ela! Para considerável espanto de minha parte, o jornal que trouxe comigo reproduzia a novela de Gottfried Keller *Romeu e Julieta na aldeia*. Achei o acaso interessante, comecei a ler o que ele jogava em minhas mãos, mergulhei fundo na leitura, e pensamentos de todo tipo envolveram-me de tal modo que me esqueci inteiramente de tudo que se encontrava nas imediações, incluindo-se a beldade.

À minha volta começou a viver algo como uma sacralidade, alçando-se com leveza das inusitadas linhas que, respirando agradável atmosfera montês, não pareciam escritas — não, pareciam antes efetivamente poetizadas. Por vezes, eu relanceava o olhar ao redor; as figuras cotidianas haviam se tornado mais singelas e significativas, e minha própria pessoa surgia aos meus olhos como resultado de um austero rejuvenescimento, como não pode deixar de acontecer quando absorvemos em nosso íntimo uma matéria narrativa tão nobre. Particularmente bela pareceu-me a passagem em que o poeta, manipulando a pena com competência sobremaneira encantadora, numa mescla de gravidade e graça, discorre *en passant* sobre o infortúnio que a apropriação ilícita de bens alheios acarreta para a existência humana; igualmente belo, e porventura ainda mais comovente, pareceu-me aquele adendo, ou comentário, que delineia o comportamento dos que bebiam na taverna de andarilhos romanticamente localizada, o modo sincero com que deploravam e ao mesmo tempo invejavam Vrenchen e Sali, os afortunados desventurados, em virtude da profunda afeição que demonstravam um pelo outro à vista de todos. Cheguei quase a sentir orgulho de mim mesmo ao perceber que, apesar de tanta coisa vivenciada nos últimos tempos, eu ainda conseguia acompanhar como outrora o curso e as sinuosidades da torrente narrativa que, na grandiosa forma que a distingue, pertence ao que há de mais rico no patrimônio nacional. E, sentindo quão importante essa prazerosa sujeição ao curso narrativo era não apenas para mim, mas também para todos os meus conterrâneos, não me admirei nem um pouco quando, ao olhar em volta, não mais avistei no salão a dama com a qual eu havia flertado; achei antes bastante sensato, até mesmo delicado da parte dela ter ido embora durante o espaço de tempo que eu empregara para revigorar copiosamente o coração e o espírito, pelo visto reconhecendo com sensibilidade feminina que eu caíra sob a influência de algo ainda mais forte e encantador do que aquilo que ela tinha a oferecer. Furtando-me involuntariamente à bela mulher, eu não precisava recriminar-me de tê-la tratado mal: subtraiu-me ao belo algo ainda mais belo...

Tradução de Marcus Vinicius Mazzari[1]

---

[1] Publicado originalmente em 1925 no volume *Die Rose* (Berlim, Rowohlt), este texto de Robert Walser (*Die Kellersche Novelle*) foi extraído do livro *Maler, Poet und Dame: Aufsätze über Kunst und Künstler* (Zurique, Diogenes Verlag, 1981).

Tragédia amorosa à luz da "dialética do movimento cultural"

Marcus Vinicius Mazzari

Em setembro de 1847, o escritor suíço Gottfried Keller (1819-1890) lia num jornal de Zurique a notícia do duplo suicídio, numa aldeia perto de Leipzig, de um rapaz de dezenove anos e uma moça de dezessete, oriundos de famílias miseráveis e engalfinhadas em hostilidade irreconciliável: "No dia 15 de agosto, os enamorados foram a uma taverna onde pessoas pobres costumam divertir-se, dançaram até uma hora da madrugada e depois deixaram esse local. Na manhã seguinte, os corpos dos jovens apaixonados foram encontrados estendidos no campo; haviam se matado com um tiro na cabeça".

A trágica notícia oferece a Keller, que poucos meses antes havia feito sua estreia literária com um volume lírico, a inspiração para uma nova obra. Sua primeira tentativa encaminha-se no sentido de uma composição em versos hexâmetros, nos moldes do poema épico *Hermann e Doroteia* (1797), em que Goethe narra uma história de amor entre dois jovens camponeses em meio às ameaças e atribulações que as tropas revolucionárias francesas levam à população alemã da margem esquerda do Reno. O que em Goethe, todavia, se configurara como idílio, pois Hermann e Doroteia conseguem superar por fim os obstáculos familiares e políticos e fazer do matrimônio um reduto de paz e harmonia, deveria desembocar em tragédia na obra de Keller. Mas sua opção formal pelo

Posfácio

verso hexâmetro acaba se revelando de pouco alcance e o projeto é abandonado após a redação das estrofes iniciais. Cerca de sete anos mais tarde, ao término de uma estada de meia década (1850-1855) em Berlim como bolsista da cidade de Zurique e tendo concluído o seu romance de formação *O verde Henrique*, Keller decide retomar a antiga história inspirada na notícia de jornal e dar-lhe um tratamento em prosa. Dessa vez a opção se revela propícia e já em 1855 está concluída essa extraordinária novela, provavelmente a mais célebre "história de aldeia" (*Dorfgeschichte*) de toda a literatura em língua alemã. A publicação de *Romeu e Julieta na aldeia* se dá então no ano seguinte, ao lado de quatro outras narrativas também concebidas em Berlim, no âmbito do ciclo novelístico *A gente de Seldvila*, cuja segunda parte, enfeixando igualmente cinco histórias, apareceria em 1874.[1]

"Seldvila", assim se abre o prefácio ao primeiro volume do ciclo, "significa em linguagem mais antiga um lugar venturoso e ensolarado e, de fato, a pequena cidade com esse nome localiza-se em alguma parte da Suíça". Essa indeterminação espacial deixa entrever que se trata de um cenário épico inventado pelo novelista, mas com intenção inequívoca de representar o país todo num período crucial de sua histó-

---

[1] O primeiro volume traz as novelas "Pancrácio, o amuado", "Romeu e Julieta na aldeia", "Senhora Regel Amrain e seu caçula", "Os três honrados penteeiros" e "Espelho, o gatinho. Um conto maravilhoso" (esta traduzida entre nós por Aurélio Buarque de Holanda e Paulo Rónai e incluída no quarto volume da antologia *Mar de histórias*, Rio de Janeiro, Nova Fronteira). No segundo volume estão "O traje faz o homem", "O artífice de sua sorte", "As cartas de amor manipuladas", "Dietegen" e "O riso perdido". *A gente de Seldvila* teve em Friedrich Nietzsche um de seus grandes admiradores: em *Humano, demasiado humano* (1878), o filósofo refere-se a esse ciclo novelístico, que ele diz pertencer ao "tesouro da prosa alemã", como um dos poucos livros que "merecem ser lidos e relidos sempre de novo".

ria, marcado pela guerra civil de novembro de 1847 (*Sonder-bundskrieg*) e por um processo de modernização que leva à fundação, em 12 de setembro de 1848, do Estado Federal até hoje vigente. Desse modo, a Seldvila de Keller adquire um significado paradigmático e se converte — alicerçada sobre magistrais recursos artísticos — num espaço da literatura mundial, como ocorreria depois com o condado de Yoknapatawpha imaginado por William Faulkner, o próprio sertão de Guimarães Rosa ou, para citar mais um exemplo, o subúrbio de Langfuhr na antiga cidade-livre de Danzig (hoje Gdansk), onde Günter Grass nasceu em 1927 e do qual fez o palco central de seu mundo épico, caracterizado numa passagem do romance *Anos de cão* (1963) nos seguintes termos: "Langfuhr era tão grande e tão pequeno que tudo o que acontece ou poderia acontecer neste mundo também acontecia ou poderia ter acontecido em Langfuhr".

Nas proximidades dessa pequena-grande Seldvila fica a aldeia com as três parcelas de terra que o narrador nos descortina na abertura da história. Somos envolvidos por uma atmosfera aparentemente idílica e contemplamos então dois sólidos e respeitáveis camponeses que numa bela manhã de outono se movem sobre seus campos de cultivo com uma segurança comparável à trajetória de dois astros na abóbada celeste. Em seguida desenrola-se a lenta aproximação, colina acima, da garotinha Vrenchen e do menino Sali com respectivamente cinco e sete anos de idade, os quais trazem o almoço de seus laboriosos pais e passam depois momentos paradisíacos no campo do meio, abandonado desde muitos anos.

No entanto, o quadro idílico é enganador, e no final da jornada de trabalho (também do primeiro segmento da novela) o narrador nos mostra, de uma perspectiva sobranceira, como os camponeses Manz e Marti — difícil não os confundir durante uma primeira leitura — fazem o arado transgredir os limites de seus terrenos e cortar um imponente sulco

Posfácio

no campo abandonado. Os arados metaforizam agora o movimento das lançadeiras no tear do destino, e o que começa a ser tecido é o rumo catastrófico pelo qual a trajetória de ambos os agricultores está prestes a enveredar. Mas a maestria narrativa de Gottfried Keller faz com que essas investidas iníquas sobre a terra do violinista estigmatizado pela comunidade projetem sua sombra também sobre as brincadeiras infantis narradas na sequência. Na cena entre as duas crianças entrelaçam-se assim imagens que assomarão em momentos posteriores da história, como a papoula vermelha enfeitando a cabeça da boneca que é martirizada e por fim enterrada sob os estranhos "oráculos" e "contos maravilhosos" sussurrados pelo inseto aprisionado em seu interior. "Onde as crianças brincam", observou certa vez Walter Benjamin num texto luminoso sobre cartilhas, "existe um segredo enterrado", e estas palavras poderiam oferecer uma emblemática epígrafe às brincadeiras de Sali e Vrenchen no campo central, onde se ocultam sinais que irão adensar simbolicamente acontecimentos subsequentes da história.[2]

À medida que Manz e Marti vão se apropriando sulco a sulco do campo outrora pertencente ao avô do violinista escuro, esse terreno vai se estreitando cada vez mais e se transformando numa espécie de muralha entre as propriedades vizinhas em constante expansão. "A propriedade é um roubo" (*"La propriété, c'est le vol"*), escrevia Pierre-Joseph Proudhon em 1840 em seu célebre livro *O que é a propriedade?*, e talvez não seja improcedente relacionar esse postu-

---

[2] A observação se encontra no texto "Chichleuchlauchra: sobre uma cartilha", publicado em *Reflexões sobre a criança, o brinquedo e a educação* (São Paulo, Duas Cidades/Editora 34, 2002, pp. 139-46, tradução de Marcus Vinicius Mazzari). Em outro ensaio do volume ("Velhos brinquedos", pp. 81-7), Benjamin tece comentários muito elucidativos sobre a chamada "poesia de confeitaria", com a qual Sali e Vrenchen se deparam no posterior episódio da quermesse na aldeia paroquial.

lado do filósofo francês à rapinagem de terras praticada pelos camponeses Manz e Marti. Todavia, a usurpação do terreno central não apenas acarreta o seu contínuo estreitamento, mas também vai tornando-o cada vez mais "selvagem" (*wild*), o que dá a primeira pincelada no amplo e complexo campo semântico que o narrador constrói em torno desse motivo que reverbera em vários momentos da novela, desde a cena de abertura até a irônica reprodução de relatos jornalísticos sobre o crescente embrutecimento das paixões (o que é expresso nas derradeiras palavras do original por intermédio do substantivo *Verwilderung*, isto é, uma recrudescente "selvageria").

Mas será que o autor de *Romeu e Julieta na aldeia* nos autorizaria a enxergar na apropriação das terras do violinista o núcleo propriamente novelístico da narrativa, o "acontecido inaudito" ou o "falcão" que na tradição alemã Goethe e Paul Heyse exigiram de toda autêntica novela?[3] É para essa direção que aponta, por exemplo, Georg Lukács num amplo

---

[3] A história da literatura alemã registra importantes tentativas, sobretudo no século XIX, de se elaborar uma teoria mais rigorosa da "novela" (*Novelle*). Procurando traçar uma distinção entre esse gênero e uma simples narrativa, Goethe lançou a seguinte definição numa conversa com Johann Peter Eckermann datada de 25 de janeiro de 1827: "pois que outra coisa é a novela senão um acontecido inaudito?". Célebres são também as explanações desenvolvidas por Paul Heyse no prefácio à antologia em 24 volumes *Deutscher Novellenschatz* (Tesouro da novelística alemã), que publicou de 1871 a 1875 em parceria com Hermann Kurz (e na qual também figura *Romeu e Julieta na aldeia*). Para Heyse, toda autêntica novela deve, como ocorre na história de Federigo degli Alberighi narrada por Boccaccio na quinta jornada do *Decamerão*, apresentar um "falcão", isto é, algo que lhe confira uma "silhueta" inconfundível e a torne assim inesquecível para o leitor. Outro relevante esboço de definição encontra-se na carta que o novelista alemão Theodor Storm escreveu a Gottfried Keller em 14 de agosto de 1881 a respeito do ciclo *A gente de Seldvila*: "A 'novela' é, entre as formas literárias em prosa, a mais rigorosa e fechada, é a irmã do drama".

Posfácio

ensaio que dedicou em 1939 ao conjunto da obra kelleriana. O comportamento escuso de Manz e Marti assinalaria, para o crítico húngaro, o "ponto de viragem dialético" da história:

> "O que se deve entender por isso? Keller dá uma resposta clara em sua novela *Romeu e Julieta na aldeia*. Ele mostra ali como dois prósperos camponeses tornam-se vizinhos próximos através da apropriação contínua, com o arado, de um terreno localizado entre seus campos de cultivo, cuja propriedade não pode ser judicialmente comprovada. Surge então entre ambos uma luta pela posse plena das terras de que vão se apoderando de maneira ilegal. Nessa luta eles se destroem mutuamente. Keller diz com razão que se trata de um acontecimento inteiramente corriqueiro. Apenas porque ambos vão até as últimas consequências com extrema obstinação, surge daí um fato novelisticamente notável, na medida em que, por meio do acirramento extremo de um caso particular, as típicas determinações sociais e morais da questão aparecem de maneira clara e plasticamente concentrada."[4]

Doze anos antes do ensaio de Lukács, escrevendo sobre uma edição crítica das obras completas de Gottfried Keller que então se publicava, Walter Benjamin ressalta igualmente o crime cometido contra o violinista como acontecimento central da novela. Mas Benjamin estabelece uma estreita relação entre a prática rapinante de Manz e Marti e a linha

---

[4] Esse ensaio de Lukács ("Gottfried Keller") aborda em sete capítulos as diversas faces da obra do escritor suíço (em *Deutsche Literatur in zwei Jahrhunderten*, Neuwied/Berlim, Luchterhand, 1964, pp. 334-419, citação à página 374).

narrativa em torno da temática amorosa, esboçando ao mesmo tempo um paralelo com a paixão infeliz entre Eduard e Ottilie, narrada por Goethe no romance *As afinidades eletivas* (1809): "De maneira não diferente daquilo que acontece nas *Afinidades eletivas* a partir do matrimônio abalado, na imperecível novela *Romeu e Julieta na aldeia* um destino aniquilador desprende-se do direito de propriedade violado".[5]

Esse "destino aniquilador", que no romance goethiano teria sido engendrado por influxos eróticos comparáveis ao poder de atração e repulsão de elementos químicos, atinge com máxima força, na novela suíça, os filhos dos camponeses que perpetraram o roubo de terras. Sem forças para a separação e impossibilitados de unir-se no casamento, Sali e Vrenchen veem no suicídio a única alternativa ao seu dilema existencial. É verdade que a morte comum se configura enquanto ponto culminante do relacionamento, espécie de êxtase dionisíaco que encerra em si um *non plus ultra* erótico. Mas é preciso não perder de vista que a decisão dos jovens pelo suicídio, se os poupa de vivenciar o arrefecimento do amor e aquela cinzenta "sucessão de muitos, muitos dias" de que fala a dona do restaurante em que o casal toma sua refeição, é ditada claramente pela desesperança diante da acachapante pobreza que os rodeia e, sobretudo, pelo sentimento de culpa em relação ao "sepultamento em vida" do pai de Vrenchen (imagem presente já na cena com a boneca). Justamente por isso talvez se possam estender aos protagonistas da

---

[5] Intitulado apenas "Gottfried Keller" (como o estudo de Lukács) e ensejado pela edição das obras completas do autor iniciada em 1926 por Jonas Fränkel (Erlenbach e Zurique), esse ensaio de Benjamin foi publicado originalmente na revista *Die literarische Welt* (O mundo literário) em 5 de agosto de 1927. No Brasil, o ensaio de 1922 "*As afinidades eletivas* de Goethe" está publicado no volume *Ensaios reunidos: escritos sobre Goethe* (São Paulo, Duas Cidades/Editora 34, 2009, pp. 11-121, tradução de Mônica Krausz Bornebusch).

novela as célebres palavras com que o mesmo Walter Benjamin fechara o seu ensaio de 1922 sobre *As afinidades eletivas*: "Apenas em virtude dos desesperançados nos é concedida a esperança".

Se não foram muitas as vezes em que se pronunciou a respeito da história de Sali e Vrenchen, em todas elas Gottfried Keller fez questão de justificar o título escolhido. Quando enviou a novela para uma publicação autônoma em 1875, ressaltou perante o editor a importância das palavras iniciais, já que o título demandava elucidação: "Para mim é muito importante dizer que o motivo principal da história aconteceu de fato, pois somente assim todo o meu trabalho se justifica. Provavelmente essa extravagância não se encontra em nenhuma estética, mas nela há algo de verdadeiro. Desse modo, o meu livro não constitui uma imitação".[6]

Se, portanto, os filhos de Manz e Marti foram concebidos enquanto avatares de Romeu e Julieta, é de fundamental importância que eles apareçam enraizados na realidade de uma aldeia suíça em meados do século XIX, isto é, num momento histórico em que desapareciam as antigas estruturas com as quais o próprio Keller se familiarizara em sua juventude por meio de longas estadas junto a parentes na aldeia

---

[6] Com o característico senso de humor que transparece em várias de suas narrativas, Keller refere-se aqui à fusão entre a fábula clássica e o acontecimento que teve lugar na aldeia alemã nas proximidades de Leipzig como uma "extravagância" ou "capricho" (*Schrulle*) que não aparece em nenhuma das "estéticas" que lhe eram conhecidas (como a de seu amigo Friedrich Theodor Vischer ou a de Hegel). Um exemplo posterior de retomada do assunto de Romeu e Julieta na chave rejeitada por Keller, isto é, carente do "acontecimento verídico" deflagrador da ficção, é oferecido pelo musical *West Side Story* (de Arthur Laurents, Leonard Bernstein e Stephen Sondheim), que transplanta para a Nova York de meados do século XX os motivos principais da tragédia shakespeariana.

de Glattfelden — onde, aliás, possuía o direito de cidadania (*Heimatsrecht*) que na novela é negado ao violinista escuro. Mas evidentemente não é apenas o título que remete à tragédia de William Shakespeare, pois o leitor que a tenha na memória poderá perceber correspondências sutis entre as obras: por exemplo, o ataque de ambos os rapazes apaixonados a familiares da amada (o primo Tebaldo, morto por Romeu; o velho Marti, que se torna demente após o golpe desferido por Sali) ou, num paralelo mais discreto, a aparição de Julieta à janela defronte ao jardim dos Capuleto, com todos os pensamentos postos no moço que se oculta abaixo (ato II, cena 2), e a de Vrenchen à porta de casa, "como se todos os seus pensamentos estivessem presos a um único objeto", isto é, o amado que se encontra nas proximidades e observa atentamente a moça.

Vale lembrar nesse contexto que o assunto dos *amanti veronesi* vem de muito antes do dramaturgo inglês; já o sexto canto do "Purgatório" dantesco (verso 106) faz uma referência às famílias rivais Montecchio e Capuleto e, de Dante a Shakespeare, houve várias obras que trataram do destino dos jovens enamorados, destacando-se a novela "Romeo e Giulietta", que Mateo Bandello publicou em 1554 em suas *Novelle* assim como, na literatura inglesa, as retomadas do assunto por Arthur Brooke, na peça *The Tragicall History of Romeus and Juliet* (1562), e William Painter, num dos contos do volume *The Palace of Pleasure* (1566).

Toda essa tradição literária era familiar a Keller a partir das leituras feitas na juventude, especialmente a tragédia shakespeariana, que mais tarde ele teve diversas oportunidades de ver nos palcos berlinenses durante os cinco anos que passou na metrópole alemã. Além disso, seria importante lembrar que de 1848 a 1850 Keller estudou em Heidelberg com o filósofo materialista Ludwig Feuerbach (a quem homenageia no romance *O verde Henrique*), familiarizando-se assim

Posfácio

com a extensa obra do mestre Hegel e, portanto, também com sua *Estética*, na qual a peça de Shakespeare recebe, como todo o gênero trágico, amplas considerações. No entanto, ao autor do ciclo *A gente de Seldvila* importava antes de tudo, conforme se explicita na abertura da novela, o enraizamento na "vida humana" das fábulas que sustentam as "grandes obras do passado", *Romeu e Julieta* tanto quanto *Macbeth*, *Hamlet* ou *Rei Lear*, para mencionar apenas tragédias shakespearianas.[7] Dessa perspectiva, Keller pôde vislumbrar na notícia estampada pelo jornal de Zurique em setembro de 1847 correspondências e paralelos com o assunto dos trágicos amantes de Verona, dominados inteiramente — como se pode ler nas explanações de Hegel sobre a tragédia shakespeariana — pelo "*pathos* primacial" (*Hauptpathos*) de um amor "tão profundo e vasto como o ilimitado oceano". E nessa mesma chave o narrador lembra, ao falar da obsessão dos camponeses Manz e Marti em alargar os limites de suas propriedades (e, consequentemente, expandir o seu poderio), que por vezes os provedores de reinos se equivocam não apenas no alto dos tronos, mas também em humildes cabanas, quando então o destino pode estatuar um exemplo paradigmático. Ensejada por grave erro de cálculo cometido pelos camponeses suíços (os quais "apoderaram-se levianamente das terras de um desaparecido, tudo isso sem perigo algum, conforme imaginavam"), essa observação permitiria pensar

---

[7] Vale lembrar que essas tragédias foram retomadas, na literatura russa, por Ivan Turguêniev (1818-1883) e Nikolai Leskov (1831-1895). O primeiro publica já em 1849 o esquete *Hamlet do distrito de Schigrí*; famosa, porém, é sua novela de 1870 *Um rei Lear da estepe*, a respeito da qual Keller observa numa carta de janeiro de 1875: "Se, ao escrever o seu *Lear da estepe*, Turguêniev conhecia o meu livrinho, eis algo que ignoro". Três anos antes dessa novela, Leskov publica a narrativa *Lady Macbeth do distrito de Mtzensk*, traduzida entre nós por Paulo Bezerra (São Paulo, Editora 34, 2002).

também na ambição insana de um Macbeth, fábula proveniente da alta Idade Média escocesa e sobre a qual está construída outra grande tragédia inglesa.

Mas é necessário ter sempre em mente que Keller concebia tais sobreposições de maneira rigorosamente histórica, empenhando-se em engastar os motivos e temas do passado nas condições concretas de seu tempo. Desse modo, os descendentes suíços de Romeu e Julieta encontram-se submetidos, como tantos outros personagens do ciclo *A gente de Seldvila*, a desdobramentos que levavam então ao país considerável prosperidade, mas sem deixar de produzir suas vítimas, conforme sugerem as referências aos muitos "falidos" que se concentram nas vizinhanças da taverna de Manz ou nas margens do rio, buscando sustentar a existência com o deus-dará da pesca — para não falar dos próprios camponeses inimigos, que perdem suas terras ancestrais e vão se enredando cada vez mais nas malhas dos novos especuladores de Seldvila.

Keller entendeu essa constante atualização de antigos assuntos nas sucessivas épocas históricas como "dialética do movimento cultural", expressão que deixa transparecer a influência de concepções de Feuerbach e, por trás destas, do pensamento hegeliano. A incrustação da clássica história dos jovens Montecchio e Capuleto na realidade suíça de seu tempo era-lhe tão essencial que a novela se abre e fecha respectivamente com um esforço de legitimar a opção épica por esse assunto (prevenindo de antemão eventuais acusações de "imitação ociosa") e com a reprodução de relatos jornalísticos sobre o suicídio dos jovens aldeões — relatos fictícios, é verdade, mas que glosam com amarga ironia a notícia sobre o fato verídico que lhe deu o primeiro impulso para a redação da narrativa.

Em algumas ocasiões, Keller procurou elucidar mais de perto o que compreendia por "dialética do movimento cultural". Numa carta dirigida ao seu amigo (também hegeliano) Hermann Hettner em 26 de junho de 1854, o novelista se refere ao grande número de motivos e temas literários que muitos consideram inteiramente novos, mas que na verdade estariam neste mundo há séculos, presentes na obra de Cervantes, Shakespeare, Rabelais, Boccaccio e até mesmo nos antigos gregos. Não haveria nada de novo, portanto, sob o sol — exceto as reconfigurações de antigas tramas sob as sucessivas condições históricas: "para dizer com *uma* palavra: não existe originalidade ou ineditismo individual e soberano, no sentido do gênio movido pela arbitrariedade ou do subjetivista presumido. Novo, em sentido positivo, é apenas aquilo que resulta da dialética do movimento cultural".

Que as concepções teóricas expressas por Keller tenham exercido fecunda influência sobre sua literatura, demonstra--o a admiração que lhe coube, ainda em vida, por parte não só dos leitores, mas também de renomados escritores, críticos ou filósofos (a exemplo de Nietzsche) — e, mais tarde, por nomes como Robert Walser, Thomas Mann, Hermann Hesse, W. G. Sebald, entre tantos outros.[8] No entanto, por vezes

---

[8] No geral, a obra épica de Keller — que inclui dois romances, também dois outros ciclos novelísticos (*Züricher Novellen* [Novelas de Zurique, 1878] e *Das Sinngedicht* [O epigrama, 1881]) e ainda o volume, publicado em 1872, *Sieben Legenden* (*Sete lendas*, Rio de Janeiro, Civilização Brasileira, tradução de Aurélio Buarque de Holanda e Paulo Rónai) — sempre teve recepção bastante positiva. A exceção é o seu último romance, *Martin Salander* (1886), em cujo enredo, aliás, o herói homônimo passa dez anos (ao longo de duas estadas) no Brasil. Vários críticos apontaram, nessa obra de velhice, um declínio da força épica de Keller, que teria levado ao detalhismo descritivo e a uma suposta fixação na generalidade a-histórica da "condição humana", em detrimento da concretude realista que se observa, por exemplo, em *O verde Henrique* ou *A gente de Seldvila*. Mas essa visão é contestada por Adorno no ensaio "Sobre a ingenuidade épica", e precisamente por meio de um ousado paralelo entre a arte épica de Homero e a de Keller: "Assim como é fácil ridicularizar a

também se fizeram ouvir ressalvas ao procedimento de conjugar temas universais com a particularidade local e mesmo regional. Assim é que um de seus mais proeminentes admiradores, o romancista alemão Theodor Fontane, ao resenhar em 1875 o ciclo de novelas *A gente de Seldvila*, perguntava-se se não haveria uma dissociação entre, de um lado, o fio narrativo que se desenvolve em torno dos camponeses Manz e Marti e das três parcelas de terra adjacentes — uma esfera de vida que Keller teria representado de maneira inexcedível — e, pelo outro lado, a linha do enredo relacionada à fábula amorosa, dimensão em que, segundo Fontane, um tom de conto maravilhoso (*Märchen*) teria se infiltrado excessivamente na representação realista.

Trata-se, sem dúvida, de uma observação bastante arguta, mas o novelista suíço não se pronunciou a respeito. Já entrando na velhice, porém, Keller lançou mão de um antigo conceito jurídico do Sacro Império Romano-Germânico para justificar metaforicamente supostas contradições resultantes de seus procedimentos narrativos. O conceito denomina-se no original *Reichsunmittelbarkeit* (recorrendo a um neologismo, algo como "imediaticidade imperial"), e designava a subordinação direta de certos territórios (como, desde 1218, a cidade de Berna, ou ainda os cantões Schwyz e Uri) ao

---

simplicidade homérica [...] assim também seria fácil mostrar o acanhamento de *Martin Salander*, o último romance de Gottfried Keller, reprovando na concepção do livro o sentencioso 'como são ruins os homens de hoje', que trai a ignorância pequeno-burguesa acerca das razões econômicas da crise e dos pressupostos sociais dos 'anos de fundação' [*Gründerjahre*], ignorando assim o essencial. Mas é apenas essa ingenuidade, novamente, que permite a alguém narrar os primórdios do capitalismo tardio, uma era repleta de desgraças, apropriando-se desse momento pela *anamnesis*, em vez de simplesmente relatá-lo" (citado segundo a tradução de Jorge de Almeida em Theodor W. Adorno, *Notas de literatura I*, São Paulo, Duas Cidades/Editora 34, 2003).

Posfácio

Imperador, sem passar pela mediação de qualquer instância feudal. Numa carta datada de 27 de julho de 1881, escrevia Keller ao seu amigo Paul Heyse (que em 1910 se tornaria o primeiro escritor alemão a ganhar o Prêmio Nobel): "De mim para mim chamo coisas desse tipo de imediaticidade imperial da poesia, isto é, o direito de em qualquer época, mesmo na era do fraque e das estradas de ferro, estabelecer um elo direto com o elemento da parábola, da fábula — um direito que, no meu modo de ver, não devemos permitir que nos seja subtraído por nenhuma transformação cultural".

O contexto da carta deixa claro que a expressão "coisas desse tipo" se refere a supostas imprecisões ou incongruências que poderiam comprometer a verossimilhança realista, no sentido da disjunção apontada por Fontane. Algumas décadas antes, o próprio Goethe argumentara de maneira semelhante ao afirmar que na grande literatura não haveria contradições como as que se manifestam na vida real: "Aquilo que o poeta cria, tem de ser aceito tal como ele o criou. O seu mundo é exatamente como foi feito. Aquilo que o espírito poético gerou precisa ser acolhido pela sensibilidade poética".[9] Também nessa declaração seria possível reconhecer a vigência de uma espécie de "imediaticidade imperial da poesia", mas o narrador suíço parece ir um pouco além com o uso metafórico do conceito político-jurídico, uma vez que por seu intermédio é lançada nova luz sobre aquela relação

---

[9] Estas palavras foram registradas pelo historiador Heinrich Luden a partir de uma conversa que teve com Goethe em 1806. Vinte e um anos depois, comentando com Eckermann supostas contradições no final do terceiro ato do *Fausto II*, o poeta apresenta uma argumentação semelhante: "Muito me admirará o que os críticos alemães irão dizer a esse respeito. Pergunto-me se terão liberdade e ousadia suficientes para passarem por cima disso. Para os franceses, a razão será um obstáculo e eles não irão considerar que a fantasia tem suas próprias leis, as quais a razão não consegue e não deve alcançar".

entre universalidade e particularidade envolvida na reflexão sobre a "dialética do movimento cultural". Ou seja, seria prerrogativa inalienável do escritor contemporâneo às locomotivas e vias férreas entrelaçar um grande mito proveniente da antiguidade clássica ou do renascimento com um episódio tomado à vida cotidiana de camponeses.

As considerações teóricas que Gottfried Keller articulou em cartas a amigos (mas também em extraordinárias resenhas sobre seis obras de seu conterrâneo Jeremias Gotthelf) oferecem valiosos subsídios para a compreensão de sua própria arte narrativa. Mas, além disso, com essas considerações Keller já parece situar-se numa posição que historiadores e críticos literários posteriores lhe iriam reconhecer de modo unânime, isto é, a de um narrador entranhado na particularidade local e, ao mesmo tempo, de alcance universal. E precisamente nessa mescla reside uma das riquezas da "imperecível" novela que se apresenta aqui ao leitor brasileiro: transportando-o ao *piccolo mondo* de uma aldeia suíça de meados do século XIX, onde todavia se desenrola uma tragédia que evoca a que teve lugar no grande palco da Verona renascentista entre dois rebentos de famílias rivais, *Romeu e Julieta na aldeia* propicia a fruição de uma das mais pungentes histórias de amor de toda a literatura mundial.

Posfácio

Nota do tradutor

Esta tradução da novela *Romeu e Julieta na aldeia* tem por base o texto estabelecido no volume IV (pp. 74-159) da edição histórico-crítica das obras completas de Gottfried Keller (*Sämtliche Werke — Historisch-kritische Ausgabe*), organizada por Peter Villwock, Walter Morgenthaler, Peter Stocker e Thomas Binder, com a colaboração de Dominik Müller (Zurique, Stroemfeld Verlag e Verlag Neue Zürcher Zeitung, 2000).

As pesquisas de que resultaram as notas e o posfácio foram feitas em diversas fontes. Relaciono abaixo, na ordem alfabética dos autores e organizadores, as edições da novela (e do ciclo *A gente de Seldvila*) mais utilizadas assim como cinco outros textos que me foram úteis durante o trabalho nesse projeto:

BÖNING, Thomas. *Die Leute von Seldwyla: Text und Kommentar*. Frankfurt: Deutscher Klassiker, 2006.

DIEKHANS, Johannes; SEEMANN, Helge Wilhelm. *Romeo und Julia auf dem Dorfe*. Paderborn: Schöningh, 1999.

HONOLD, Alexander. "Vermittlung und Verwilderung", in *Deutsche Vierteljahrsschrift*. Stuttgart/Weimar: Metzler, 2004.

JEZIORKOWSKI, K. *Romeo und Julia auf dem Dorfe*. Frankfurt: Insel, 1984.

KAISER, Gerhard. "Romeo und Julia auf dem Dorfe", in *Gottfried Keller: das gedichtete Leben*. Frankfurt: Insel, 1995.

MÜLLER, Dominik. "Gottfried Keller: Literatur aus der Zeit der Bundesstaatsgründung", in *Schweizer Literaturgeschichte* (org. Peter Rusterholz e Andreas Solbach). Stuttgart/Weimar: Metzler, 2007.

NEUMANN, Bernd. *Die Leute von Seldwyla: Erzählungen.* Stuttgart: Reclams Universal-Bibliothek, 1993.

SAUTERMEISTER, Gert. *Erläuterungen und Dokumente: Romeo und Julia auf dem Dorfe.* Stuttgart: Reclams Universal-Bibliothek, 2003.

SELBMANN, Rolf. "Land-Liebe: *Romeo und Julia auf dem Dorfe*", in *Gottfried Keller: Romane und Erzählungen.* Berlim: Erich Schmidt, 2001.

STOCKER, Peter. "Novellistische Erzählkunst des Poetischen Realismus", in *Interpretationen: Gottfried Keller. Romane und Erzählungen* (org. Walter Morgenthaler). Stuttgart: Reclams Universal-Bibliothek, 2007.

O projeto de traduzir a novela *Romeu e Julieta na aldeia* foi contemplado com o prêmio concedido anualmente pela Casa de Tradutores Looren (*Übersetzerhaus Looren*) a propostas de tradução relacionadas a obras da literatura suíça nos quatro idiomas oficiais do país (alemão, francês, italiano e romanche). Essa distinção proporcionou-me ainda uma estada de um mês (julho de 2012) na sede da mencionada fundação na aldeia de Wernetshausen (cantão de Zurique), onde pude usufruir de excelentes condições de trabalho.

Durante esse período pude realizar pesquisas na Biblioteca Central (*Zentralbibliothek*) de Zurique, para as quais contei com o apoio da senhora Anne Marie Wells, que me facilitou o acesso a importantes edições da obra kelleriana e à correspondente bibliografia secundária.

Assinalo, por fim, que minha estada de trabalho na Suíça teve o apoio da Sociedade Gottfried Keller de Zurique (*Gottfried Keller-Gesellschaft Zürich*) e da Fundação Suíça para a Cultura Pro Helvetia.

À Casa de Tradutores Looren, assim como à Biblioteca Central de Zurique, à Sociedade Gottfried Keller e à Fundação Pro Helvetia, gostaria de expressar, portanto, os mais sinceros agradecimentos.

Marcus Vinicius Mazzari

Sobre Gottfried Keller

Gottfried Keller nasce em Zurique no dia 19 de julho de 1819. Seus pais, Elisabeth Scheuchzer (1787-1864) e o marceneiro Rudolf Keller (1791-1824), eram oriundos da aldeia de Glattfelden (norte do cantão de Zurique), que Gottfried visita com frequência na infância e adolescência, passando longos períodos em casa de parentes. A morte precoce do pai, em decorrência de tuberculose, constitui acontecimento crucial em sua vida e encontra correspondência na trajetória do herói de seu romance autobiográfico *O verde Henrique*, que perde igualmente o pai aos cinco anos de idade: "Ele se retirou antes do meio-dia de sua vida para o cosmos inescrutável e deixou em minhas débeis mãos a herança do dourado fio da vida cujo início ninguém conhece, e só me resta atá-lo com honra ao escuro futuro ou talvez rompê-lo para sempre, quando eu próprio vier a morrer". Outro fato determinante na biografia de Keller é a expulsão em 1834, por motivo disciplinar, da Escola Industrial de Zurique (e a consequente exclusão de toda instituição de ensino público na Suíça), o que é comparado, no mencionado romance, com algo tão drástico quanto a sentença de morte, "pois excluir uma criança do ensino público não significa outra coisa senão decapitar o seu desenvolvimento interior e toda sua vida intelectual".

Impossibilitado de concluir os estudos, Keller decide tornar-se pintor paisagístico e começa a ter aulas particulares com os escassos recursos da mãe. Em 1840, entrando em posse de uma pequena herança deixada pelo pai, parte para Munique com o intuito de aprimorar sua formação artística na Academia Real das Artes. Contudo, os planos não vingam e, assim, o jovem retorna desalentado a Zurique em 1842, após dissipar a herança e sucessivas remessas de dinheiro feitas pela mãe. A partir de então coloca a pintura em plano secundário e dedica-se com crescente intensidade à literatura, conquistando certo renome com um volume de poemas publicado em 1846. Dois anos mais tarde a cidade de Zurique outorga-lhe uma bolsa de estudos e Keller viaja a Heidelberg, onde assiste a preleções de história, filosofia e literatura. Entra em contato pessoal com o filósofo Ludwig Feuerbach, que proferia cursos na universidade de Heidelberg e de quem se torna discípulo entusiasmado.

Em 1850 decide estabelecer-se em Berlim, na esperança de fazer carreira como dramaturgo. Na metrópole prussiana Keller irá passar cinco anos, repletos de privações, mas também os mais produtivos de sua vida. Pois se os planos teatrais fracassam inteiramente, em Berlim redige *O verde Henrique*, considerado o mais relevante "romance de formação" (*Bildungsroman*) do século XIX, e a primeira parte do ciclo *A gente de Seldvila*, que inclui a presente novela.

Retorna a Zurique em 1855, com reputação literária consolidada, mas ainda em precária situação financeira, tendo portanto de continuar valendo-se do apoio da mãe e da irmã três anos mais nova, Regula, que trabalhava como vendedora.

Em agosto de 1861 dá-se uma surpreendente virada na vida de Keller, pois se candidata com sucesso ao posto de primeiro-escrevente do cantão de Zurique, tornando-se um de seus funcionários públicos mais bem-remunerados, com um salário anual de cerca de 3.500 francos, além da casa oficial que passa a habitar com a mãe e a irmã. No início de

1866 delineia-se uma mudança também em sua vida sentimental, marcada até então por sucessivos revezes: contrai noivado com a jovem pianista Luise Scheidegger (nascida em 1843), mas em julho desse mesmo ano a moça comete suicídio por afogamento.

Keller desempenha a função de primeiro-escrevente, sempre de maneira exemplar, até 1876, quando deixa o posto para voltar a dedicar-se plenamente à literatura. Os últimos anos de vida são particularmente fecundos: entre outras obras, publica os ciclos narrativos *Novelas de Zurique* (1878) e *O epigrama* (1881), assim como o romance *Martin Salander* (1886). Além disso, reescreve inteiramente *O verde Henrique*, adotando agora a perspectiva em primeira pessoa e amenizando o desfecho sombrio da versão anterior.

Gottfried Keller faleceu em Zurique no dia 15 de julho de 1890 e foi sepultado com honras dignas de seu extraordinário relevo na literatura em língua alemã.

Sobre Karl e Robert Walser

Filho de um comerciante de vinhos que era também encadernador, Karl Walser nasceu em 8 de abril de 1877 em Biel, na Suíça, no seio de uma família numerosa. No ano seguinte veio à luz seu irmão Robert Walser, que seria postumamente reconhecido como um dos escritores mais originais do século XX.

Após a formação inicial em Biel, Karl passa por um período de aprendizagem na Escola de Artes Aplicadas de Stuttgart — onde o irmão Robert vai encontrá-lo em 1895 —, e em seguida aprofunda seus estudos de artes decorativas em Estrasburgo. A partir de 1901 inicia uma profícua atividade de ilustrador de livros junto à editora Bruno Cassirer em Berlim, onde passa a residir, e que publicará nesse período algumas das obras mais importantes de Robert Walser — entre elas, *Os irmãos Tanner* (1907), *O ajudante* (1908) e *Jakob von Gunten* (1909). Por alguns anos, os dois irmãos morariam juntos em um apartamento-ateliê no bairro de Charlottenburg.

Em 1902, Karl Walser participa da exposição do grupo *Berliner Secession* (Secessão de Berlim), tornando-se amigo de artistas como Lovis Corinth, Max Liebermann e Max Slevogt. Plenamente integrado à vida cultural e intelectual berlinense, tem seu trabalho reconhecido também como pintor e, sobretudo, como cenógrafo. Em 1910, Karl desposa

Hedwig Agnes Czarnetzki, de família da Prússia oriental, e no ano seguinte Robert Walser retorna à Suíça, estabelecendo-se primeiro em Biel e depois em Berna.

Após idas e vindas, Karl retorna definitivamente à Suíça em 1925. Nessa época criou para a editora suíça Seldwyla, sediada em Zurique, as ilustrações para *Romeu e Julieta na aldeia*, de Gottfried Keller. Expressivas e, ao mesmo tempo, contidas, essas imagens podem ser situadas, como já observou um crítico, entre o êxtase expressionista que começa a se amainar na década de 1920 e a sobriedade característica do movimento da *Neue Sachlichkeit* (Nova Objetividade), que então principia a ganhar terreno entre os artistas. De todo modo, as imagens de Karl Walser são consideradas uma das traduções plásticas mais fiéis ao espírito da novela de Keller, combinando momentos de idílio, lirismo, arrebatamento e recato.

Morando em Zurique, o artista pinta vários afrescos importantes em vilas, residências e edifícios públicos, como a prefeitura da cidade e a Câmara Municipal de Berna. Entre 1933 e 1937, é o responsável pelo projeto gráfico das obras completas de Thomas Mann, editada pela Fischer Verlag, de Berlim. Karl Walser faleceu no outono de 1943. Seu irmão Robert encontrava-se no sanatório de Herisau, na Suíça, para onde fora conduzido em 1933, após episódios de instabilidade mental, e onde veio a falecer em 25 de dezembro de 1956, durante um passeio na neve.

Sobre o tradutor

Marcus Vinicius Mazzari nasceu no dia 28 de julho de 1958 na cidade de São Carlos, SP. Fez o estudo primário e secundário em Marília, e ingressou no curso de Letras da Universidade de São Paulo em 1977. Concluiu o mestrado em literatura alemã no início de 1989 com uma dissertação sobre a representação da História no romance *O tambor de lata*, de Günter Grass. Entre outubro de 1989 e junho de 1994 realizou o curso de doutorado na Universidade Livre de Berlim (*Freie Universität Berlin*), redigindo e apresentando a tese *Die Danziger Trilogie von Günter Grass: Erzählen gegen die Dämonisierung deutscher Geschichte* (A Trilogia de Danzig de Günter Grass: narrativas contra a demonização da história alemã). Em 1997 concluiu o pós-doutorado no Departamento de Teoria Literária e Literatura Comparada da USP, com um estudo sobre os romances *O Ateneu*, de Raul Pompeia, e *Die Verwirrungen des Zöglings Törless* (As atribulações do pupilo Törless), de Robert Musil.

Desde julho de 1996 é professor de Teoria Literária e Literatura Comparada na Universidade de São Paulo. Traduziu para o português, entre outros, textos de Adelbert von Chamisso, Bertolt Brecht, J. W. Goethe, Günter Grass, Heinrich Heine, Karl Marx, Thomas Mann e Walter Benjamin. Entre suas publicações estão *Romance de formação em perspectiva histórica* (Ateliê, 1999), *Labirintos da aprendizagem:*

pacto fáustico, romance de formação e outros temas de literatura comparada (Editora 34, 2010) e a co-organização da coletânea de ensaios *Fausto e a América Latina* (Humanitas, 2010). Elaborou comentários, notas, apresentações e posfácios para a obra-prima de Goethe: *Fausto: uma tragédia — Primeira parte* (tradução de Jenny Klabin Segall, ilustrações de Eugène Delacroix, Editora 34, 2004; nova edição revista e ampliada, 2010) e *Fausto: uma tragédia — Segunda parte* (tradução de Jenny Klabin Segall, ilustrações de Max Beckmann, Editora 34, 2007).

É um dos fundadores e diretor-presidente da Associação Goethe do Brasil, criada em março de 2009.

ESTE LIVRO FOI COMPOSTO EM SABON, PELA
BRACHER & MALTA, COM CTP E IMPRESSÃO
DA BARTIRA GRÁFICA E EDITORA EM PAPEL
LUX CREAM 70 G/M² DA STORA ENSO PARA
A EDITORA 34, EM AGOSTO DE 2013.